D1857886

JAMES FENIMORE COOPER: **Die Prärie**

Die endlose Weite der Prärie, in der Stämme der roten Ureinwohner erbittert um ihre Jagdgebiete kämpfen und über die riesige Herden wilder Büffel brüllend hinwegstampfen, ist der Schauplatz dieses letzten großen Abenteuers des alten Trappers. In der Einsamkeit der Steppe, in die er sich nach einem langen und ruhelosen Leben als Jäger und Kundschafter zurückzog, begegnet der alte Trapper einem seltsamen

Zug von Auswanderern und gerät ist äußerst gefährliche Verwicklungen, als er deren ängstlich gehütetes Geheimnis zu ergründen versucht. Im Mittelpunkt dieser letzten von fünf Lederstrumpf-Geschichten J. F. Coopers steht die aufrechte Gestalt des großen Kundschafters Natty Bumppo, der als Wildtöter und Pfadfinder, als Falkenauge und als alter Trapper das leuchtende Vorbild eines mutigen Kämpfers ist.

Es gibt diese Lederstrumpf-Geschichten:

Der Wildtöter · Der letzte Mohikaner · Der Pfadfinder · Der alte Trapper · Die Prärie

ISBN 3 439 00261 6

Alle Rechte vorbehalten!

Titelbild: Klaus Kniepen • Illustrationen: Prof. C. F. J. Benedek
Gesamtherstellung: Fischer-Druck, Göttingen

GÖTTINGER JUGENDBÜCHER

J. F. COOPER

Die Prärie

W. Fischer-Verlag · Göttingen

Die Prärie

Ein abenteuerliches Unternehmen

Die Angliederung der weitläufigen Landschaften von Louisiana an die Vereinigten Staaten von Amerika im Jahre 1803 war für viele wagemutige Kolonisten das Zeichen zu einem neuen Aufbruch in den lockenden Westen. Alle Mühen und alle Unbill früherer Unternehmungen vergessend, zogen Schwärme rastlosen Volks mit demselben sorglosen Mut durch das Dickicht am rechten Ufer des Mississippi, der schon so viele von ihnen auf ihrer mühsamen Wanderung von den atlantischen Staaten zu den fruchtbaren Ufern dieses „Vaters der Ströme" geleitet hatte.

Die meisten Auswanderer begnügten sich damit, in den Niederungen längs der großen Ströme zu siedeln, zufrieden mit der reichen Ausbeute, die der angeschwemmte Boden selbst noch dem lässigsten Anbauer schenkte.

Die erste Ernte nach der Besitznahme war eingebracht, und das Laub begann sich bereits herbstlich zu färben, als ein Zug von Wagen aus dem Bett eines ausgetrockneten Baches hervorkam, um seinen Weg über die Prärie fortzusetzen. Die mit Hausrat aller Art beladenen Wagen, die wenigen Schafe und Kühe, die im Zuge mitgetrieben wurden, das rauhe Aussehen und die sorglose Miene der Männer, die neben den nur langsam vorankommenden Gespannen dahinschlenderten — alles dieses deutete darauf hin, daß hier eine Gruppe von Auswanderern auf dem Weg zu dem Dorado ihrer Wünsche war.

Sie hatten den fruchtbaren Boden des Unterlandes verlassen und durch Abgründe und Gießbäche, über Moraste und ausgedörrte Steppe den Weg in eine Gegend gefunden, die sich weit jenseits aller menschlichen Wohnsiedlungen erstreckte. Vor ihnen lagen die breiten Ebenen, die sich in trostloser Eintönigkeit bis zum Fuße der Rocky Mountains ausdehnten, und manche lange und traurige Meile hinter ihnen schäumten die stürmischen Wasser des La Platte.

Die Tatsache, daß ein solcher Zug in dieser öden Gegend auftauchte, war um so auffallender, als die Landschaft ringsum gar nichts darbot, was die Erwartungen und Hoffnungen unternehmungslustiger Auswanderer hätte reizen können. Die spärlichen Gräser der Steppe zeugten von einem harten, widerspenstigen Boden, über den die Räder der Fuhrwerke wie über eine feste Heerstraße dahinrollten, und das welke, verbrannte Gras, in dem sich ihre Spur abzeichnete, war so sauer, daß es selbst von den hungrigen Tieren verschmäht wurde.

Doch nichts in Haltung und Wesen der Männer, Frauen und Kinder, zusammengerechnet etwa zwanzig, verriet Unruhe oder Besorgnis angesichts der Trostlosigkeit ihrer Umgebung.

Allen voran zog ein Mann, der nach Kleidung und Gebaren der Anführer der Schar zu sein schien. Er war groß und schlank und über das mittlere Alter hinaus; trotz seiner schlaffen und nachlässigen Haltung war er ungewöhnlich stark und derb und wohl imstande, gewaltige Kräfte zu entwickeln, wenn es darauf ankam.

Außer dem Ranzen und dem Gewehr sowie einem wohlgefüllten Pulverhorn trug er noch eine scharfe Holzaxt nachlässig über die Schulter geworfen und bewegte sich trotz aller Last mit einer Leichtigkeit, als sei er frei von jeglicher Bürde.

Wenig hinter ihm folgte ein Trupp junger Leute in ähnlicher Kleidung und Aufmachung, die untereinander und ihrem Anführer so ähnlich waren, daß man sie unschwer als Mitglieder einer Familie erkennen konnte, sowie zwei weitere Männer.

Während auf dem ersten Wagen von Zeit zu Zeit die neugierigen Gesichter einiger flachsköpfiger Kinder auftauchten, waren in dem ganzen Zug nur zwei Frauen zu beobachten. Die ältere der beiden war die Mutter der Kinder, die jüngere dagegen ein noch junges Mädchen von etwa achtzehn Jahren, das sich in Kleidung und Aussehen sehr vorteilhaft von seinen Reisegefährten unterschied und von anderer Herkunft als diese zu sein schein.

Der zweite Wagen war so sorgfältig mit einer Plane überspannt, daß nicht zu erkennen war, was sich darunter verbarg. Die übrigen Wagen waren mit all den notwendigen Gerätschaften beladen, wie sie Leute benötigen, die jeden Augenblick bereit sind, ihren Aufenthaltsort über große Entfernungen zu wechseln.

Noch immer setzte der Anführer der Auswanderer seinen Weg durch die trostlose und eintönige Landschaft unbeirrt fort, nur von der Sonne geleitet. Aber je mehr der Tag sich neigte, desto mehr wurde er beunruhigt durch die Frage, wo er einen geeigneten Platz für das Nachtlager finden sollte, der ihm die drei wichtigsten Erfordernisse zugleich zu bieten vermochte: Wasser, Brennholz und Futter.

Die Sonne war gerade hinter dem Kamm des nächsten Hügels untergegangen, da tauchte vor dem glühenden Rot des Abendhimmels die scharf umrissene Gestalt eines Mannes auf. Erst nach und nach löste sich die Erstarrung, und die kühneren unter den Jünglingen nahmen ihre Gewehre hoch, um gegen alles gewappnet zu sein.

„Schick die Jungen voraus!" rief die ältere Frau mit scharfer Stimme ihrem Mann zu. „Asa oder Abner wird uns bald nähere Auskunft über die Gestalt geben können."

„Ich schlage vor, die Flinte zu gebrauchen", murmelte ein finster blickender Mann, dessen Züge nicht wenig Ähnlichkeit mit der resoluten Frau hatten und der ohne weitere Umstände sein Gewehr in Anschlag brachte. „Pawnees sollen zu Hunderten in der Ebene jagen, da werden sie einen kaum vermissen."

„Halt!" rief das junge Mädchen mit sanfter, aber furchterregter Stimme. „Wir sind nicht alle beisammen, es könnte doch ein Freund sein!"

Inzwischen hatte das Abendrot seinen blendenden Glanz verloren, und die Gestalt, die weder die geringste Bewegung gemacht noch sonst ein Zeichen von Feindseligkeit gegeben hatte, war deutlicher zu erkennen. Hätte der Mann, der den Auswanderern gegenüberstand, wirklich böse Absichten gehegt, er hätte kaum die Kraft gehabt, sie auszuführen, und seine von den Jahren gebeugte Gestalt, die die Last von achtzig Wintern getragen hatte, war wenig geeignet, Furcht in der Brust der Auswanderer zu erwecken.

Die Kleidung des Alten bestand hauptsächlich aus Fellen. Ranzen und Pulverhorn hingen über seiner Schulter, und ein Gewehr von ungewöhnlicher Länge, das wie sein Träger Spuren eines langen und harten Dienstes trug, diente ihm als Stütze.

Als sich der Zug dem Einsamen auf Rufweite genähert hatte, erhob sich zu seinen Füßen ein großer zahnloser

Hund und machte Miene, sich einer weiteren Annäherung der Männer zu widersetzen.

„Ruhig, Hektor! Ruhig!" rief sein Herr. „Was gehen dich diese Leute an, die friedlich ihres Weges ziehen!"

„Kennt Ihr Euch aus in dieser Gegend, Fremder?" fragte der Anführer der Auswanderer. „Dann zeigt uns, wo sich hier ein geeigneter Platz für die Nacht finden läßt."

„Ist das Land auf der anderen Seite des großen Flusses denn schon voll?" fragte der alte Mann, ohne auf die Frage des anderen einzugehen. „Oder warum muß ich ein Bild sehen, das ich nie wieder zu schauen gedachte?"

„Es ist freilich noch Land übrig für Leute, die Geld haben und nicht gerade wählerisch sind", erwiderte der Auswanderer. „Aber mir ist es einfach zu eng da drüben. Wie weit ist es wohl von hier bis zum nächsten Platz am Hauptstrom hinter uns?"

„Ein fliehender Hirsch könnte seine Flanken nicht im Mississippi kühlen, ohne fünfhundert Meilen gelaufen zu sein."

„Und wie nennt man diese Gegend hier?"

„Wie nennt Ihr", erwiderte der Alte und zeigte zum Himmel, „den Fleck, wo jene Wolke steht? Doch ein guter Rat ist eine Gabe, die der Ältere dem Jüngeren schuldet. Kommt mit mir, und Ihr sollt finden, was Ihr sucht."

Noch während er so sprach, hob er sein schweres Gewehr mit einer für seine Jahre erstaunlichen Gewandtheit auf die Schulter und führte den Zug den Abhang hinab in eine nahe Niederung.

Ein geeigneter Lagerplatz war an den Ufern eines kleinen Baches bald gefunden, und der Alte sah den Anführer der Auswanderer fragend an. „Ja, hier mag's gehen", meinte der, „los, Jungens, nun frisch ans Werk!"

Die Tiere wurden ausgespannt, und die jungen Männer ergriffen ihre Äxte und schlugen in kurzer Zeit einen ausreichend großen Platz so völlig kahl, als wäre ein Wirbelsturm darüber hingezogen. Als Baum auf Baum rauschend niedersank, wandte sich der Alte mit einem bitteren Lächeln ab, drängte sich durch die Gruppe der lärmenden Kinder hindurch, die bereits ein lustiges Feuer angezündet hatten, und beobachtete aufmerksam das Tun des Anführers und seines älteren Begleiters.

Diese waren gerade dabei, den Wagen, dessen Inhalt so sorgfältig von einer Plane verdeckt war, auf eine höhergelegene trockene Stelle zu schieben und darüber aus Stangen und Decken ein Zelt zu errichten, aus dem sie schließlich den leeren Wagen herauszogen.

Das eigenartige Gebaren der beiden Männer weckte die Neugier des Alten erst recht, und er versuchte eine Decke hochzuheben, um einen Blick in das Innere des Zeltes werfen zu können. Aber schon hatte ihn der grobe Kerl, der bei ihrer ersten Begegnung so schnell mit der Flinte bei der Hand war, am Arm ergriffen und vom Zelt zurückgezogen.

„Ein altes Sprichwort sagt: Kümmere dich nicht um die Angelegenheiten fremder Leute!" fuhr er ihn an.

„Die Leute bringen selten etwas in diese Wüstenei, was sie verbergen müßten“, antwortete der Alte gelassen.

„Sie bringen selten sich selbst hierher“, lenkte der andere ein. „Die Gegend hier scheint mir nicht gerade übermäßig bevölkert zu sein.“

„Das ist richtig“, entgegnete der Alte. „Viele Monate sind ins Land gegangen, seit ich zum letzten Mal ein Gesicht von meiner eigenen Farbe erblickte.“

Während er sich abwandte und mit ruhiger Gelassenheit das Lager durchquerte, hörte er den Anführer laut den Namen „Ellen Wade“ rufen. Bereitwillig stand das junge Mädchen, das bei der ersten Begegnung mit dem Fremden zur Besonnenheit gemahnt hatte, von der Feuerstelle auf und verschwand in dem geheimnisvollen Zelt, und niemand schien etwas Besonderes daran zu finden.

Die jungen Männer hatten inzwischen die Wagen im Viereck zu einer kleinen Wagenburg aufgefahren und den Tieren Futter und Wasser gegeben. Als die Dunkelheit hereinbrach, rief die ältere Frau die Männer zum Essen.

„Ich danke Euch, Freund“, erwiderte der Alte auf die Einladung, seinen Platz in der Nähe des dampfenden Kessels einzunehmen, „ich habe zwar heute schon gegessen, und ich gehöre nicht zu jenen Leuten, die sich ihr Grab mit den Zähnen selbst graben. Aber ich will mich gern zu Euch setzen, denn es ist lange her, daß ich Leute meiner Farbe ihr täglich Brot essen sah.“

„So seid Ihr gewiß ein alter Ansiedler in dieser Gegend hier“, meinte der Auswanderer. „Man sagte uns gleich, daß die Siedler hier dünn gesät seien, und ich muß zugeben, daß Ihr — einige kanadische Händler unten am Strom nicht mitgerechnet — das einzige weiße Gesicht seid, das uns auf den fünfhundert Meilen, nach Eurer Schätzung, begegnet ist.“

„Wenn ich auch einige Jahre in dieser Gegend verbracht habe, so kann ich doch kaum als Siedler gelten, denn ich habe keinen festen Wohnsitz und halte mich nicht lange an einem Platz auf."

„Dann seid Ihr also ein Jäger?" fuhr der andere fort und warf einen prüfenden Blick auf die Ausrüstung des Alten. „Zu solchem Geschäft sind Eure Waffen nicht gerade die besten."

„Sie sind alt und reif, beiseite gelegt zu werden wie ihr Besitzer", antwortete der alte Mann und betrachtete seine Flinte mit einem liebevollen und zugleich bedauernden Blick. „Ich gebrauche sie auch nur noch selten, Freund, und bin nicht mehr als ein alter Trapper, der das wenige, was er braucht, mit Schlingen und Fallen erbeutet."

„Seid Ihr weit nach Westen vorgedrungen?" fragte der Auswanderer. „Ich finde, wir sind hier in eine sehr öde Ebene geraten."

„Und Ihr könntet noch Wochen und Monate reisen und würdet es nicht anders vorfinden. Ich denke oft, der Herrgott hat diesen wüsten Gürtel der Prärie hinter die Staaten gelegt, um die Leute zu warnen, wohin ihre Torheit das Land noch bringen kann. Und doch weht der Wind selten von Osten, ohne daß er nicht die Schläge der Axt und das Rauschen fallender Bäume bis an meine Ohren trägt."

Der alte Mann sprach mit einem solchen Ernst und einer solchen Würde, daß seine bitteren Worte nicht ohne Eindruck blieben. Aufmerksam und schweigend hörten ihm die Auswanderer zu.

„Es wird für Euch nicht leicht gewesen sein", fuhr er fort, „mit den Gespannen und Herden die Wasserläufe zu überqueren und so tief in die Prärie einzudringen."

„Ich zog zunächst am linken Ufer des großen Flusses entlang", erwiderte der Auswanderer, „bis ich fand, daß er uns zu weit nach Norden führte. Wir überquerten den Fluß ohne große Verluste, die Frau hat vielleicht zwei Schafe weniger zu scheren und die Mädchen haben eine Kuh weniger zu melken. Seitdem sind wir tapfer weitergezogen und haben noch manchen Wasserlauf hinter uns gelassen."

„Und Ihr wollt vermutlich noch weiter nach Westen, bis Ihr eine Stelle findet, wo Ihr Euch ansiedeln könnt?"

„Bis ich Ursache habe, anzuhalten oder umzukehren", rief der Auswanderer mit unzufriedenem Gesicht, stand auf und machte der Unterhaltung durch seinen plötzlichen Aufbruch ein Ende.

Der alte Trapper folgte seinem Beispiel, und die Auswanderer trafen ihre Vorbereitungen für die Nacht. Aus Ästen, Decken und Büffelhäuten entstanden kleine Hütten, unter deren Dach die Kinder mit ihrer Mutter bald in den Schlaf sanken. Die Männer hatten noch allerhand zu tun, bis sie selbst ihr Lager aufsuchen konnten, insbesondere mußte der Platz erst zur Verteidigung hergerichtet werden. Die freien Stellen zwischen den Wagen wurden mit Baumstämmen und Dickicht versperrt, und zwei junge Männer zogen rechts und links des Lagers als Wache auf, nachdem sie ihre Gewehre sorgfältig überprüft und neues Pulver aufgeschüttet hatten.

Der Trapper hatte sich indessen aus dem Lager zurückgezogen und ging langsam hinaus in die Prärie, über der das blasse Licht des aufgehenden Mondes lag. An die Einsamkeit gewöhnt, schritt der alte Mann nachdenklich und ohne festes Ziel über die wellige Steppe. Sein Gemüt war erfüllt von Betrachtungen und Erinnerungen, welche die Begegnung mit den Auswanderern ausgelöst hatte. Am Fuß einer Bodenwelle blieb er plötzlich stehen und stützte sich gedankenverloren auf seine Flinte, während sich der Hund zu seinen Füßen niederkauerte.

Ein drohendes Knurren des treuen Tieres riß ihn aus seinem Grübeln. „Was gibt's, Hektor?" fragte er und sah zu seinem Begleiter nieder. „Was hast du da aufgestöbert? Es ist aus damit, Hektor. Das jüngste Wild spielt vor unseren Augen, ohne sich um zwei so alte und müde Kerle, wie wir es sind, zu kümmern. Es hat längst gemerkt, wie wenig wir noch zu fürchten sind."

Der Hund hob seinen Kopf und antwortete seinem Herrn mit einem langen Winseln, das auch nicht aufhörte, als er den Kopf schon längst wieder ins Gras gesteckt hatte.

„Das soll wohl eine Warnung sein", fuhr der Trapper fort und sah sich sorgsam um, „was gibt's denn, Alter?"

Da bemerkte er im fahlen Licht des Mondes die Gestalt eines jungen Mädchens.

„Kommt näher, wir sind Freunde!" rief der Trapper der immer noch Unschlüssigen zu. Er hatte Ellen Wade, das junge Mädchen aus dem Zug der Auswanderer, sofort erkannt. „Niemand wird Euch etwas zuleide tun."

So ermutigt, trat das junge Mädchen zu dem Trapper. „Ich dachte, Ihr wäret längst fort", sprach Ellen Wade und sah sich ängstlich um. „Alle meinten, wir würden Euch nie wiedersehen, und so glaubte ich nicht, Euch hier zu begegnen, obwohl mir das Winseln Eures Hundes vertraut schien."

„Im Zuge Eures Vaters sah ich keine Hunde", bemerkte der Trapper trocken.

„Vater?" rief das Mädchen gerührt aus. „Ich habe keinen Vater mehr. Und ich möchte sagen, ich habe nicht einmal einen Freund unter denen dort drüben."

Mit einem Blick voller Freundlichkeit und Mitgefühl wandte sich der alte Mann zu ihr. „Und warum wagt Ihr Euch dann an einen Ort, den nur der Starke betreten sollte? Ich hoffe, junges Mädchen, wenn Ihr schon keinen Vater habt, so habt Ihr doch wenigstens einen Bruder, der Euch beschützt."

Das Mädchen schwieg einen Augenblick, verwirrt und gerührt durch die unerwartete Teilnahme, und antwortete dann fest und bestimmt: „Behüte der Himmel, daß einer von denen, die Ihr gesehen habt, ein Bruder oder mir sonst teuer sei! Aber sagt mir, alter Mann, lebt Ihr wirklich allein hier in der Gegend? Ist Euch vielleicht ein Weißer begegnet?"

„Keiner — seit vielen Tagen. He, Hektor, was ist?" fügte er hinzu, als der Hund kaum hörbar zu knurren begann. „Das Tier wittert Unheil. Manchmal kommen die schwarzen Bären von den Bergen bis hier herunter."

Unruhig blickte das Mädchen umher, bis ein weiteres Knurren Hektors beider Blicke in eine andere Richtung lenkte und die wahre Ursache seiner Warnung sichtbar wurde.

In der Gewalt der Sioux

Obgleich der Trapper etwas erstaunt war, daß sich eine Gestalt aus der dem Lager der Auswanderer entgegengesetzten Richtung näherte, begegnete er dem Ereignis mit der Standhaftigkeit eines Mannes, der gewohnt ist, der Gefahr ins Auge zu sehen.

„Es ist ein Mann", sagte er, „und zwar ein Weißer, sonst wäre sein Schritt leichter. Es wird gut sein, auf alles gefaßt zu sein. Die Mischlinge, die man in diesen verlassenen Gegenden trifft, sind meist schlimmer als die Wilden."

Er nahm sein Gewehr hoch, aber sein Arm wurde von dem Mädchen festgehalten. „Um Gottes willen!" rief Ellen. „Nicht so voreilig! Es könnte doch auch ein Freund sein."

„Freunde sind selten in diesem Land, und es ist nicht wahrscheinlich, daß der, der da auf uns zukommt, auch nur ein Bekannter ist." Der Trapper blickte in das angsterfüllte Gesicht des Mädchens und ließ dann das Gewehr sinken wie einer, der seinen Vorsatz plötzlich geändert hat.

Der Mann war inzwischen auf fünfzig Schritt herangekommen, und Hektor war dabei nicht gleichgültig geblieben. Er schlich ihm leise entgegen, zur Erde geduckt wie ein Panther, der sich auf seine Beute stürzen will.

„Ruft den Hund zurück!" hörte man die feste, tiefe Stimme des Mannes mehr freundlich als drohend. „Ich liebe Hunde, und es würde mir leid tun, wenn ihm etwas passierte."

„Hörst du, was man von dir sagt?" sprach der Trapper zu dem Tier. „Komm her, du Tor! Knurren und bellen ist alles, was du noch kannst. Tretet ruhig näher, Freund, der Hund ist alt und hat keine Zähne mehr."

In wenigen Augenblicken stand der Fremde an Ellen Wades Seite, die er offenbar kannte, und warf nun ein forschendes Auge auf ihren Begleiter.

„Von welcher Wolke sein Ihr gefallen, alter Mann", fragte er. „Oder lebt Ihr wirklich in dieser Steppe hier?"

„Ich habe lange genug auf Erden gelebt und war dem Himmel, so hoffe ich, niemals näher als jetzt", erwiderte ruhig der alte Trapper. „Doch wo, sagt mir, ist Eure Heimat?"

„Sachte, sachte! Wenn ich mit meinem Examen zu Ende bin, mögt Ihr mit Eurem beginnen. Was jagt Ihr noch zu so später Stunde? Und was ist mit dem jungen Mädchen?"

„Ich traf sie durch einen Zufall wie Euch. Eure junge Freundin wird es Euch bestätigen", erwiderte der Trapper.

„Freundin?" sprach der Jüngling, nahm seine Fellmütze ab und fuhr sich durch die dichten schwarzen Locken. „Wenn ich dieses Mädchen jemals vorher sah, will ich . . ."

„Genug, Paul", unterbrach ihn das Mädchen, „unser Geheimnis wird bei diesem ehrlichen Mann sicher sein."

„Unser Geheimnis! Ellen, hast du vergessen . . .?"

„Ich habe nichts vergessen, was ich behalten sollte. Aber ich sage dir, bei diesem alten Trapper sind wir gut aufgehoben."

„Er ist ein Trapper? Dann gebt mir die Hand, Vater. Unsere Arbeit sollte uns zu Freunden machen."

„Nur mein Alter ist es, das mich zwingt, die Geschöpfe des Herrn in Fallen und Netzen zu fangen. Euch dagegen würde es besser anstehen, ein Geschäft zu betreiben, das sich für Eure Jahre und Euren Mut schickt. Wie bringt Ihr Euer Leben durch, wenn Ihr das natürliche Recht, das Wild zu jagen, offenbar aufgegeben habt?"

„Ich weiß die Büchse wohl zu gebrauchen, wenn es nötig ist. Aber ich bleibe bei meinem Beruf, der mich besser nährt als alles Pelzwerk, das ich auf der anderen Seite des großen Flusses verkaufen könnte." Dabei hielt der Jüngling ein kleines zinnernes Gefäß hoch, das um seinen Nacken hing, und öffnete den Deckel, so daß dem Trapper ein köstlicher Honiggeruch entgegen duftete.

„Ein Bienenjäger also!" bemerkte der Alte mit einigem Erstaunen. „Das mag sich an den Grenzen der Ansiedlungen lohnen, aber in dieser offenen Gegend möchte ich es doch ein recht unsicheres Geschäft nennen."

„Ihr meint, wo kein Baum ist, könnte sich auch kein Schwarm niederlassen? Ich habe andere Erfahrungen gemacht und bin einige hundert Meilen weiter westlich gestreift als gewöhnlich, um einmal Euren Honig zu versuchen. Aber nun habe ich Eure Neugier wohl befriedigt, Fremder, und Ihr geht jetzt wohl einmal beiseite, damit ich dem jungen Mädchen meine andere Geschichte erzählen kann."

„Das ist gewiß nicht nötig", widersprach Ellen, „was du mir zu sagen hast, kann alle Welt hören."

„Da sollen mich doch die Drohnen zu Tode stechen, wenn ich je etwas von den Launen eines Weibes begreife! Ich kümmere mich um nichts und niemand und bin ebenso bereit, schon jetzt mit dir da hinunter zu gehen, wo dein angeblicher Onkel seine Gespanne losgebunden hat — ich möchte schwören, daß du noch nicht einmal mit ihm verwandt bist —, wie ich dazu in einem Jahr bereit bin. Ein Wort von dir, und es ist geschehen, ob es ihm nun gefallen mag oder nicht."

„Du bist immer so voreilig, Paul Hover", erwiderte das Mädchen, „wie kannst du nur davon sprechen, mit mir zu meinem Onkel zu gehen, wo du genau weißt, was passiert, wenn wir zusammen gesehen werden."

„Hat er etwas Unrechtes getan?" fragte der Trapper, der seinen Platz nicht verlassen hatte.

„Der Himmel behüte! Aber es gibt Gründe, weshalb er sich gerade jetzt nicht dort sehen lassen darf. Wenn Ihr dort bei dem Gebüsch warten wollt, bis mir Paul gesagt hat, was er auf dem Herzen hat, so komme ich wieder, um Euch gute Nacht zu wünschen, ehe ich in das Lager zurückkehre."

Der Trapper zog sich langsam zurück und wartete geduldig auf die Gelegenheit, die Unterhaltung mit den beiden jungen Menschen, an deren Schicksal er so lebhaften Anteil nahm, wieder anknüpfen zu können. Er wurde jäh aus seinen Betrachtungen gerissen, als sein Hund, der zu seinen Füßen gelegen hatte, plötzlich aufsprang und witternd in die Prärie hinausspähte.

„Was gibt's schon wieder, Hektor?" fragte der Trapper mit besänftigender Stimme, während sich der Hund bereits wieder behaglich im Grase streckte, als habe er seine Schuldigkeit getan und überlasse nun alles Weitere seinem Herrn.

„Ein Wink von einem solchen Freund ist meist besser als eines Menschen Rat", murmelte der alte Trapper und näherte sich leise dem jungen Paar. „Kinder, wir sind nicht allein in dieser trostlosen Gegend, es streifen noch andere hier herum, und das kann Gefahr bedeuten."

„Sollte sich einer von Ismaels faulen Söhnen außerhalb des Lagers herumtreiben", sagte der Bienenjäger, „so könnte sein Ausflug ein schnelles Ende finden."

„Bei meinem Leben", beteuerte schnell das Mädchen, „ich sah sie alle in tiefem Schlaf liegen, die zwei Wachen ausgenommen. Aber selbst die werden längst von einer wilden Jagd träumen, wie ich sie kenne."

Während sich der alte Trapper und der Bienenjäger noch über die möglichen Ursachen für Hektors warnende Unruhe unterhielten, wurden sie durch das laute und klägliche Geheul des treuen Hundes in ihren Überlegungen unterbrochen. Angestrengt horchten sie in die dunkle Ebene hinaus, aus der immer stärker das Getrappel vieler Hufe zu ihnen hinaufdrang.

„Komm, Ellen", sagte der Jüngling und nahm die Gefährtin bei der Hand. „Wir wollen versuchen, das sichere Lager zu erreichen."

„Zu spät! Zu spät!" rief der Trapper. „Die Kerle sind schon viel zu nah, und nach ihrer wilden Art zu reiten ist's eine Bande verdammter Sioux-Indianer. Nieder ins Gras! Nieder, wenn euch euer Leben lieb ist!"

Widerstrebend folgte der hitzköpfige Jüngling, der viel lieber zu seiner Flinte gegriffen hätte, dem Rat des Alten, dessen Erfahrung und Sicherheit er in diesem Augenblick wohl zu schätzen wußte. Im schwachen Schein des Mondlichts sahen sie einen ungeordneten Schwarm von Wilden, die Teufeln ähnlicher sahen als Menschen, gerade auf ihr Versteck zureiten. Aufmerksam beobachtete der Trapper ihre Bewegungen, beschwichtigte die Furcht des Mädchens und dämpfte die Ungeduld des Jünglings, der sich beim Anblick des nahe an ihnen vorbeibrausenden gespenstischen Zuges nur mit Mühe beherrschen konnte.

„Sie reiten den Hügel hinab, dem Lager zu", flüsterte der Trapper. „Sie halten und beraten sich. Da, jetzt kehren sie um und kommen den Hügel wieder herauf. Sie werden den Hund gehört haben, und ihre Ohren sind zu scharf, als daß sie nicht fänden, was sie suchen. Nieder jetzt, den Kopf auf die Erde, wie ein Hund, der schläft!"

„Laßt uns lieber aufstehen und unserer Kraft und unseren Büchsen vertrauen“, erwiderte der junge Mann.

In diesem Augenblick fühlte er eine feste Hand auf seiner Schulter. Er blickte auf und sah in das dunkle, wilde Gesicht eines Indianers. Schnell war er auf den Füßen und sprang dem Wilden mit ungestümer Kraft an die Kehle, da fiel ihm der Trapper in den Arm. Ehe er noch Zeit hatte, seinem Gefährten deswegen einen Vorwurf zu machen, stand ein Dutzend Rothäute um sie herum und zwang sie, sich zu ergeben.

Dem Trapper, der sich so friedfertig unterworfen hatte, war der Charakter der Bande wohl bekannt, und es ist schwer zu sagen, ob Klugheit oder Furcht der geheime Beweggrund des Alten war, als er sich ohne Murren von den Indianern ausplündern ließ. Ganz im Gegensatz zu Paul Hover, der mehr als einmal verzweifelten Widerstand geleistet hätte, wenn nicht das arme Mädchen an seiner Seite ihn immer wieder zur Vorsicht gemahnt hätte.

Offenbar waren die Wilden mit ihrem Erfolg noch nicht zufrieden und hielten eine neue Beratung ab. Sie suchten das Lager des Auswanderers, wie der Trapper, der genug von ihrer Sprache verstand, aus ihren Worten entnehmen konnte.

„Wenn sie Ismael Busch und seinen ganzen Stamm bis an den Rand des Felsengebirges führen würden, könnte ich diesen roten Schurken vielleicht verzeihen“, sagte der junge Mann.

„Paul! Paul!“ rief das Mädchen vorwurfsvoll. „Vergiß dich nicht! Denk an die schrecklichen Folgen!“

„Ich fürchte, eure Freunde drüben werden den Augen dieser Teufel nicht entgehen“, meinte der Trapper. „Sie riechen Beute, und sie werden sich ebensowenig von der Spur abbringen lassen wie der Hund von der einmal aufgenommenen Fährte des Wildes.“

„Können wir denn gar nichts tun?“ fragte Ellen besorgt.

„Ich könnte schreien, daß der alte Ismael hochfährt und glaubt, der Wolf wäre in seine Herde geraten", meinte Paul Hover.

„Und Euch würde dafür der Kopf eingeschlagen", sagte der Alte. „Nein, List muß List besiegen, oder die Hunde morden die ganze Familie. Ist der Haufe nicht stark und gut bewaffnet? Meint Ihr nicht, daß sie kämpfen werden?"

„Wenn es einen gibt, alter Trapper, der Ismael Busch und seine sieben Tölpel von Söhnen nicht liebt, so ist es Paul Hover. Aber das muß ich zu ihrer Ehre sagen: es steckt in ihnen mehr Mut als in irgendeiner Familie, die jemals aus Kentucky aufgebrochen ist. Es ist eine starke, doppelgenähte Rasse, und wer einen von ihnen unterkriegen will, müßte selbst bärenstark sein."

„Ruhig, ruhig!" mahnte der alte Trapper. „Die Wilden sind fertig mit ihrer Beratung und wollen nun ausführen, was sie beschlossen haben. Vielleicht findet sich doch noch ein Weg, euren Freunden zu helfen."

„Nennt keinen von denen meinen Freund, alter Mann, wenn Euch meine Freundschaft etwas wert sein sollte."

„Ich mußte annehmen, das junge Mädchen gehörte zu ihnen", meinte der Alte ein wenig trocken und erstaunt.

Ellen legte die Hand auf den Mund ihres Gefährten und antwortete für ihn in ihrer höflichen und gewinnenden Art: „Wir sollten alle eine Familie sein und einander helfen, wenn wir in Gefahr sind. Wir verlassen uns jetzt gänzlich auf Eure Erfahrung, guter alter Mann, wie wir unsere Freunde warnen können."

Die Unterhaltung der Gefangenen wurde durch eine lebhafte Bewegung unter den Indianern unterbrochen. Sie waren alle von ihren Pferden gestiegen, und drei oder vier aus dem Haufen mußten die Pferde und die Gefangenen bewachen, während die anderen nach einer kurzen Beratung lautlos nach allen Seiten ausschwärmten. Erst nach geraumer Zeit kehrten sie nach und nach zurück.

„Jetzt kommt die Reihe an uns", meinte der Trapper, der das Gebaren der Wilden aufmerksam beobachtet hatte. „Sie werden uns ausfragen, und es dürfte richtig sein, daß nur einer von uns Antwort gibt, damit wir uns nicht widersprechen."

Schon näherte sich ihnen ein halbnackter Indianer, ein Krieger von kraftvollem Körperbau und mit der stolzen Haltung, die einen indianischen Häuptling stets vor allem auszeichnet. Es war Mahtoree; der alte Trapper hatte seinen Namen in der Unterhaltung der Wilden schon mehrmals vernommen. Der ganze Haufe des roten Volks folgte ihm in ehrfurchtsvollem Schweigen.

„Die Erde ist groß", begann der Häuptling, „warum können die Kinder des weißen Vaters niemals Raum genug darauf finden?"

„Einige von ihnen hörten, die roten Männer in der Prärie brauchten mancherlei Dinge", erwiderte gemessen und ruhig der Trapper, „und so sind sie gekommen, um zu sehen, ob es wahr ist. Und sie selbst suchen, was die roten Männer gern tauschen gegen Decken und Pulver."

„Setzen Kaufleute mit leeren Händen über den Fluß?"

„Unsere Hände sind leer, weil eure jungen Leute dachten, wir wären ermüdet und uns unserer Last entledigten. Sie irrten sich, ich bin wohl alt, aber noch stark."

„Das kann nicht sein. Euer Gepäck liegt in der Steppe. Geht und zeigt meinen Leuten die Stelle, ehe die Wölfe der Pawnees kommen und es wegnehmen."

„Es ist jetzt Nacht und der Weg dahin schwer zu finden. Die Stunde des Schlafs ist gekommen", sagte der Trapper ruhig. „Heißt eure Krieger über jenen Hügel gehen, dort finden sie Holz für ihr Lagerfeuer und Wasser für ihre Pferde. Wenn die Sonne wieder scheint, will ich wieder mit Euch sprechen."

Ein dumpfes Murmeln, mit dem sie ihren Unwillen ausdrückten, erhob sich unter den umstehenden Wilden. Der

Alte erkannte, daß er nicht behutsam genug gewesen war, als er diesen Vorschlag machte, mit dem er den Auswanderern die Anwesenheit ihrer gefährlichen Nachbarn kundzutun gedachte. Ohne irgendwelche Bewegung zu verraten, setzte der stolze Häuptling seine Befragung fort.

„Ich weiß, mein Freund ist reich", sagte er, „und er hat viele Krieger nicht weit von hier, und mehr Pferde, als die roten Leute Hunde haben."

„Hier seht Ihr meine Krieger und meine Pferde!" antwortete der Trapper und wies auf seine beiden Gefährten.

„Was? Hat das junge Weib die Füße eines Dakota, daß es dreißig Nächte durch die Prärie ziehen kann und nicht niederfällt? Ich weiß, die roten Männer in den Wäldern machen lange Märsche zu Fuß, wir aber, die wir in der Prärie nicht von einem Lager zum anderen sehen können, brauchen dazu unsere Pferde."

Der Trapper zauderte jetzt. Er sah voraus, daß eine Täuschung, wenn sie entdeckt würde, ihnen allen gefährlich werden konnte. So bemerkte er ausweichend: „Die Frauen der Sioux und die der weißen Männer sind nicht von derselben Art . . ."

„Meine Ohren hören viele Lügen auf einmal", unterbrach ihn der Häuptling ärgerlich. „Hat ein Dakota keine Augen? Wer sind die Leute von Eurer Farbe, weißer Jäger, die dort unten bei den gefällten Bäumen schlafen?"

„Es mag wahr sein", entgegnete der Trapper einlenkend, „daß weiße Leute in der Steppe schlafen. Was es für Leute sind, die sich auf den Edelmut der Dakotas verlassen, kann ich nicht sagen. Schickt eure jungen Männer hin, die Schläfer aufzuwecken, und laßt sie selbst erzählen, wer sie sind. Jedes Bleichgesicht hat eine Zunge."

Der Häuptling schüttelte den Kopf mit einem wilden, stolzen Lächeln, als er sich abwandte, um der Unterredung ein Ende zu machen. „Die Dakotas sind ein kluger Stamm, und Mahtoree ist ihr Häuptling. Er wird die Fremden nicht rufen, daß sie aufstehen und ihm mit ihren Flinten Antwort geben. Er wird ihnen ganz leise in die Ohren lispeln. Dann mögen sie von den Leuten ihrer Farbe selbst geweckt werden."

Nach einer kurzen Beratung setzte sich der ganze Haufe in Bewegung, nur wenige Rote blieben zur Bewachung der Pferde und der drei Gefangenen zurück. Diese konnten beobachten, daß sich Mahtoree und zwei ausgesuchte Leute ihrer Flinten und aller entbehrlichen Kleidungsstücke entledigten. Mit Messer und Streitaxt bewaffnet, schlichen sie gewandt und geräuschlos in Richtung auf das Lager der Auswanderer davon, bis sie den Blicken der drei Gefährten, die diese geheimnisvollen Vorbereitungen mit Sorge verfolgt hatten, entschwunden waren.

Der Trapper bewahrte dabei eine Ruhe, als wäre nichts vorgefallen, was ihrer aller persönliche Sicherheit gefährden könnte. Seinem wachsamen Auge entging keine Bewegung ringsum. Mit der Ruhe eines Mannes, der in solcherlei Gefahren alt und grau geworden ist, wartete er auf das geringste Versehen der Wachen, um sofort jeden Vorteil auszunutzen.

Die drei Krieger der Sioux waren indes nicht müßig gewesen und hatten sich wie Schlangen, die auf Raub ausgehen, durch das dichte Gras nahe an das Lager herangeschlichen. Jetzt war doppelte Vorsicht nötig, denn weder die Zahl der Gegner noch ihre Verteidigungsmittel waren den Wilden bekannt, und Mahtorees Bemühungen, sich darüber Kenntnis zu verschaffen, wurden durch die tiefe Ruhe im Lager vereitelt. Zu vorsichtig und zu mißtrauisch, sich in solch zweifelhaftem Fall auf jemand anders als auf sich selbst zu verlassen, gebot Mahtoree seinen beiden Gefährten zu bleiben, wo sie eben lagen, und machte sich allein auf den Weg.

Mit katzenhafter Gewandtheit kroch der Indianerhäuptling in das Lager hinein, vorbei an den beiden schlafenden

Söhnen Ismaels, die dieser als Wachtposten eingeteilt hatte. Er bewegte sich zwischen den Wagen und Hütten der Auswanderer mit einer solchen Sicherheit, als habe er keine Entdeckung durch die in tiefem Schlaf liegende Mannschaft zu befürchten, warf einen schnellen Blick in das geheimnisvolle Zelt am Rande des Lagers und wand sich hinüber zu der kleinen Hürde, hinter der die Tiere lagerten. Hier faßte der Wilde einen kühnen Plan, der, wie er hoffte, die Leute und ihre Habe schnell in seine Gewalt bringen sollte.

Während so der Häuptling das Lager der Auswanderer einer genaueren Betrachtung unterzog, unterbrach kein Laut die nächtliche Stille der Prärie. Die rote Bande lag auf der Lauer und wartete mit der Geduld ihrer Rasse auf das Zeichen, das sie zum Angriff rufen sollte.

Diejenigen jedoch, die wohl wußten, was unter der Stille der Nacht brütete, erlebten diese Stunde mit wachsender Unruhe und Besorgnis. Plötzlich gellte ein greller Schrei auf, der alsbald in der Wüste widerhallte, als hätten tausend Dämonen ihre Kehlen zu diesem einen Ausruf vereinigt. Weucha, der mit der Bewachung der drei Gefangenen beauftragt war, stieß einen Ruf wilden Frohlockens aus. Paul Hover konnte sich nicht länger beherrschen und rief: „Jetzt kannst du zeigen, alter Ismael, daß das Blut von Kentucky in deinen Adern fließt. Feuert niedrig, Jungens! Die Rothäute kriechen am Boden entlang!"

Sein Ruf ging in dem Geschrei, dem Schießen und Lärmen unter, das nun von allen Seiten ertönte. In diesem Durcheinander hörte man plötzlich ein Trappeln wie von einer Herde heranziehender Büffel, und dann tauchten auch schon Ismaels Tiere vor ihnen auf. In wilder Flucht stoben sie an ihnen vorbei, von einer Bande roter Teufel zur Eile getrieben.

„Sie haben Ismael seines Viehs beraubt und nicht einen Huf zurückgelassen", sagte der Bienenjäger.

Die Unruhe griff auch auf die Pferde der Indianer über, die gewohnt waren, an den wilden Leidenschaften ihrer Herren teilzuhaben, und nur mit Mühe konnten die wenigen Wachen die stampfenden Tiere zurückhalten.

In diesem Augenblick, als aller Augen auf den vorbeiziehenden Wirbelwind von Menschen und Tieren gerichtet waren, entwand der Trapper den Händen seines unaufmerksamen Wächters das Messer und trennte mit einem einzigen kraftvollen Schnitt, den man seinen Jahren nicht mehr zugetraut hätte, die Riemen auf, mit denen die Pferde zusammengekoppelt waren.

Die Tiere wieherten vor Freude und Schreck und sprengten in die Steppe hinaus, daß die Erde von ihren Hufen hochgeschleudert wurde. Wie ein wütender Tiger wandte sich Weucha gegen den Angreifer. Er griff nach dem Tomahawk, besann sich jedoch schnell anders und folgte der fliehenden Herde. Seine Beutegier war stärker als sein Drang nach Rache.

„Die Roten sind überall gleich, ob in der Steppe oder im Wald", bemerkte der Trapper, der seinen Feind mit ruhiger Gelassenheit im Auge behalten hatte. „Jetzt läuft er den Pferden nach, als ob bei einem solchen Lauf zwei Beine jemals so schnell sein könnten wie vier. Und doch, noch vor Sonnenaufgang werden die Schurken jeden Huf haben. Unserm Auswanderer wird nichts anderes übrigbleiben, als hier seine Hütte aufzuschlagen. Wie ich die schlauen Sioux kenne, hat er den letzten seiner vierbeinigen Gefährten gesehen."

„Wäre es nicht richtiger, jetzt Ismaels Partei zu ergreifen?" fragte der Bienenjäger. „Wenn der alte Knabe nicht plötzlich feige geworden ist, wird es bald zu einem heißen Kampf kommen."

„Wenn Euer Freund klug ist", wandte sich der Trapper an den Jüngling, doch der unterbrach ihn sofort.

„Nennt ihn nicht meinen Freund, ich habe nicht gern etwas zu tun mit Leuten, die nicht Brief und Siegel zeigen können für das Land, von dem sie sich ernähren."

„Gut denn", erwiderte der Trapper. „Aber ist er ein Mann, der sein Eigentum tapfer mit Pulver und Blei zu verteidigen versteht?"

„Sein Eigentum? Ei, auch das, was nicht sein eigen ist, das auch! Wer, meint Ihr wohl, war der Mann, der die Flinte trug, mit der man dem Abgesandten des Sheriffs den Garaus machte, als dieser die ungesetzlichen Ansiedler, die sich am Büffelsee angesammelt hatten, wegjagen wollte? Ich hatte an diesem Tag gerade einen prächtigen Schwarm bis in die Höhlung einer alten Buche verfolgt, da fand ich den Beamten mit einer Kugel in der Brust am Fuße des Baumes liegen."

Der Trapper, durch die Erzählung des Bienenjägers über den Charakter des Auswanderers Ismael Busch hinreichend unterrichtet, schwieg eine Weile und hing seinen Gedanken nach.

„Jeder kennt die Bande am besten, die ihn mit seinen Mitmenschen verbinden", sagte er schließlich, „obwohl es sehr zu bedauern ist, daß Farbe und Sprache, Eigentum und Kenntnisse oft eine Schranke zwischen die setzen, die doch alle Kinder eines Vaters sind. Aber", fügte er hinzu, „da bei diesem Vorfall weniger eine Predigt als ein Kampf vonnöten ist, wird es gut sein, wenn wir uns auf alles gefaßt machten. Da unten regt sich schon etwas."

„Die Auswanderer kommen!" rief Ellen mit zitternder Stimme, die fast ebensolche Furcht vor dem Nahen ihrer Freunde verriet wie vordem vor der Anwesenheit ihrer Feinde. „Geh, Paul, verlaß uns. Man darf dich hier nicht sehen!"

Der junge Mann zeigte wenig Neigung, das Mädchen einem ungewissen Schicksal zu überlassen, und befürchtete eine baldige Rückkehr der Wilden.

„Psst! Nieder ins Gras!" rief da der Trapper plötzlich und riß die beiden Gefährten zu Boden. Die drei hatten sich kaum geduckt, da hörten sie den Knall einer Büchse, und das Blei flog in gefährlicher Nähe an ihren Köpfen vorüber.

„Gut gemacht, ihr jungen Burschen", flüsterte Paul, der auch in bedrohlichen Lagen seinen Humor nicht verlor. „Jetzt gibt's einen Kampf nach drei Seiten. Soll ich ihnen nicht auch einen bleiernen Gruß schicken?"

„Gebt ihnen nichts als gute Worte", mahnte der Trapper ernst, „oder ihr seid beide verloren."

„Um Himmels willen, sei ruhig, Paul!" sagte das Mädchen leise. „Laß dich nicht blicken! Geh! Bitte, geh!"

Mehrere Schüsse folgten rasch aufeinander, einer näher als der andere. „Daß muß ein Ende nehmen", sagte der

Trapper und erhob sich. „Ich weiß zwar nicht, warum ihr die zu fürchten habt, die da heraufkommen, aber es muß etwas geschehen, um euer Leben zu retten. Hier ist ein günstiger Platz, euch zu verbergen. Möge Gott euch beide segnen und helfen, wie ihr es verdient."

Ohne eine Antwort abzuwarten, schritt der Trapper kühn den Hügel hinab auf das Lager zu. Das Mondlicht fiel für einen Augenblick heller auf seine hohe, kräftige Gestalt, so daß die Auswanderer ihn herankommen sahen. Unbekümmert setzte er seinen Weg fort, bis ihn aus dem Gehölz eine drohende Stimme empfing:

„Wer kommt da, Freund oder Feind?"

„Ein Freund", antwortete der Trapper, „einer, der lange genug gelebt hat und zu alt ist, um Unfrieden zu suchen."

„Aber wohl noch nicht alt genug, die Ränke der Jugend zu vergessen", rief Ismael dem Trapper zu, während er sich hinter einem Busch erhob. „Alter Mann, Ihr habt die Roten auf uns gehetzt, und morgen werdet Ihr die Beute mit ihnen teilen."

„Was habt Ihr verloren?" fragte der Trapper ruhig und gelassen, ohne auf die schwerwiegende Anschuldigung Ismaels einzugehen.

„Acht gute Pferde und ein Fohlen, dazu alle Kühe, Schafe und Schweine. Und was, Fremder", fuhr er fort und stieß den Kolben seines Gewehrs mit solcher Heftigkeit zu Boden, daß ein weniger Beherzter allen Grund zur Furcht gehabt hätte, „was fällt davon an Euch?"

„Ich habe mir weder Pferde gewünscht, noch brauche ich sie, obwohl es kaum jemand geben wird, der mehr von den weiten Landstrichen Amerikas durchstreift hat. Ein Pferd nutzte wenig in den dichten Wäldern von York; so war es jedenfalls damals, aber ich fürchte, es wird jetzt nicht mehr so sein. Ich habe auch wenig Verlangen nach Kuhmilch, die Tiere des Feldes geben mir Nahrung genug, und ich wünsche mir auch kein besseres Gewand als das

Leder des Hirsches und kein schmackhafteres Mahl als sein Fleisch."

Die Aufrichtigkeit, mit der diese schlichte Rechtfertigung vorgebracht wurde, verfehlte nicht ihre Wirkung auf den Auswanderer, wenngleich seine Erregung, die schnell in Gewalttätigkeit ausbrechen konnte, noch immer groß war.

„Schöne Redensarten", brummte er schließlich, „und etwas zu glatt für einen einfachen Jäger. Ich kam in diese Gegend, alter Mann, weil mir das Gesetz etwas zu schwer auf dem Nacken lag, und ich habe nicht gern Nachbarn, die jeden Streit vor Richtern und Schöffen austragen. Aber ich kam nicht hierher, um mich berauben zu lassen."

„Wer sich in die Prärie hinauswagt, muß sich wohl oder übel ihren Bewohnern anpassen", erwiderte der Trapper.

„Ihr hättet besser getan, nicht mit einem Mann anzubinden, der gewohnt ist, mit gleicher Münze heimzuzahlen, was man ihm zufügt. Habt Ihr die Indianer gesehen?"

„Ja, ich war ihr Gefangener, während sie sich in Euer Lager stahlen."

„Als weißer Mann und Christenmensch hättet Ihr mich rechtzeitig warnen sollen", entgegnete Ismael erbittert und warf einen drohenden Blick auf den alten Mann, als sinne er immer noch auf Rache. „Aber was geschehen ist, ist geschehen. Kommt heraus aus eurem Versteck, Jungens, hier ist nur der alte Trapper, der unser Brot gegessen hat und unser Freund sein sollte, wenn ich auch vermuten muß, daß er es mit unseren Feinden hält."

Sogleich kamen vier oder fünf von Ismaels Söhnen aus ihren Schlupfwinkeln hervor und musterten den Trapper mit forschenden Blicken.

„Sollte dieser Alte allein übriggeblieben sein von den Leuten, die wir auf der Höhe beobachteten, so haben wir unser Pulver nicht umsonst verschossen", sagte der älteste der Brüder trocken.

„Du hast recht, Asa", antwortete der Vater und wandte sich plötzlich an den Fremden. „Wie ist das? Waret ihr nicht eben noch zu dritt, oder hat mich der Mondschein getäuscht?"

„Hättet Ihr gesehen, wie die Wilden hinter Eurem Vieh hergejagt sind, Ihr hättet sie leicht für tausend halten können."

„Damit könnt Ihr einen verweichtlichten Städter schrekken, aber nicht Ismael Busch, der sich sein Recht auch ohne das Gesetz holt. Wir sind wohl schwerfällig, aber wer langsam geht, kommt sicher zum Ziel. Es gibt niemand, der sagen könnte, er habe uns einen Schlag versetzt, den er nicht ebenso hart von Ismael Busch wiederbekommen hätte. Kommt, Fremder", fügte er besänftigend hinzu, „es ist müßig, jetzt zu streiten, für heute können wir nichts Besseres tun, als zu schlafen. Morgen werden wir eher sehen können, was aus unserem Vieh geworden ist."

Mit diesen Worten wandte sich Ismael Busch dem Lager zu, und der alte Trapper folgte ihm und suchte sich dort ebenfalls einen Schlafplatz. Doch er schloß nicht eher die Augen, bis er sich überzeugt hatte, daß auch Ellen Wade zu der Familie zurückgekehrt war

Die Erscheinung auf dem Felsen

Die graue Dämmeruung des Morgens lag noch über der Prärie, als sich Ellen Wade leise von ihrem Lager bei den Kindern erhob. Vorsichtig schlich sie sich an den verschlafenen Wachtposten vorbei und erreichte ungesehen die nächste Anhöhe. Das Geräusch schneller Schritte im taunassen Gras ließ sie aufhorchen. Sie hatte schon Pauls Namen gerufen, als sie enttäuscht feststellen mußte, daß es nicht der Erwartete war, der plötzlich vor ihr stand.

„Ich hätte nicht gedacht, Euch zu dieser ungewöhnlichen Stunde zu begegnen, Doktor", begrüßte sie den kleinen hageren Mann, der sich ihr mit der Vertraulichkeit eines guten Bekannten näherte.

„Dem Freund der Natur sind alle Stunden gleich", erwiderte der Naturforscher Dr. Obed Battius, der sich dem Zug Ismaels angeschlossen hatte, um Tiere und Pflanzen der Prärie zu studieren, und der gerade von einem Ausflug zurückkehrte. „Zwei Tage war ich jetzt allein unterwegs, um eine seltene Pflanze zu suchen, die es im Flußgebiet des La Platte geben soll, aber ich habe keinen Grashalm gefunden, der nicht schon längst aufgezählt und erfaßt wäre. Aber ich hörte Schüsse. Was ist passiert?"

Ellen erzählte Doktor Battius ausführlich, was sich in der Nacht ereignet hatte, und der Naturforscher, der befürchten mußte, daß die Wilden auch seine wertvolle Sammlung von Pflanzen und Tieren geraubt haben könnten, machte sich eilig und besorgt auf den Weg ins Lager, gefolgt von Ellen, die sich leise in das Zelt schlich.

Es war taghell geworden auf der endlosen Prärie, und Obeds Ankunft im Lager und sein lautes Klagen über den vermeintlichen Verlust seiner Schätze weckte die schlaftrunkene Familie des Auswanderers vollends.

Ismael und seine Söhne und der finstere Bruder seiner Frau kamen schnell hoch und wurden sich erst jetzt dessen bewußt, was sie in der Nacht verloren hatten. Zähneknirschend sah Ismael auf die schwerbeladenen Wagen, warf einen Blick auf die hilflosen Kinder, die sich um die verzweifelte Mutter drängten, und ging hinaus aufs freie Feld, als würde ihm die Luft zu eng auf dem trostlosen Platz. Einige der Männer folgten ihm auf eine kleine Anhöhe, von wo sie die Ebene weit überblicken konnten.

Aber außer einem einzigen Ochsen, der sich in dem verbrannten Gras mühsam seine magere Nahrung suchte, und dem Esel des Doktors, der seine ungebundene Freiheit genoß, war nichts zu sehen.

„Das schlechteste Stück haben uns die Burschen dagelassen, um uns zu verspotten", sagte Ismael bitter. „Das ist ein zu harter Boden hier, um jemals etwas zu ernten, und doch müssen wir Nahrung heranschaffen, um die vielen hungrigen Mäuler zu stopfen."

„Hier nutzt die Flinte mehr als die Hacke", erwiderte der älteste Sohn und stampfte in wildem Zorn auf den harten Boden.

„Was meint Ihr dazu", wandte sich der Vater an den alten Trapper, „ist dies ein Land, das sich ein Mann auswählen würde, der den Amtmann nicht mit der Landverschreibung bemühen möchte?"

„Fruchtbares Land gibt es in den Niederungen", erwiderte der Alte gelassen. „Um an diesen traurigen Platz zu gelangen, seid Ihr über ungezählte Äcker gezogen, die ohne große Arbeit hundertfältige Ernte gebracht hätten. Wenn Ihr Land sucht, seid Ihr Hunderte von Meilen zu weit gereist oder ebenso viele zu wenig."

„Zum anderen Ozean hin ist es also besser?" fragte der Auswanderer und deutete mit der Hand nach Westen.

„Gewiß", antwortete der Trapper, indem er seine Flinte auf den Boden setzte und sich nachdenklich darauf lehnte, als rufe er die Bilder der Vergangenheit zurück. „Ich sah das Wasser beider Meere auf meiner langen Wanderung von Ost nach West, immer denen voraus, die mit der Axt das Land kahlschlugen und die Wälder niederlegten, in denen ich lebte. Und Ihr müßt jetzt sehen, wie Ihr der Wut der Indianer entgeht, die aus ihren Wäldern vertrieben wurden und sich immer noch als die rechtmäßigen Eigentümer dieses Landes fühlen. Sie lassen, wenn sie einmal die Macht dazu haben, einem Weißen selten mehr als seine Haut, auf die er so stolz ist."

„Alter Mann", sagte Ismael ernst, „zu welchen Volk gehört Ihr? Eurer Farbe und Sprache nach seid Ihr einer der Unsrigen, aber Euer Herz scheint für die Rothäute zu schlagen."

„Für mich gibt es da keine großen Unterschiede", antwortete der Trapper. „Das Volk der Delawaren, das ich am meisten liebte, ist zerstreut. Doch fließt kein indianisches Blut in meinen Adern, und was ein Kriegsmann seinem Volke schuldig ist, bin ich allein unseren Staaten schuldig, die der schwachen Arme eines Achtzigjährigen wohl kaum noch bedürfen."

„Da Ihr uns Eure Herkunft genannt habt, darf ich wohl auch erfahren, wo die Sioux sind, die mein Vieh gestohlen haben."

„Wer vermöchte zu sagen, wo die Büffelherde ist, die der Panther erst gestern über die Prärie jagte?"

„Werden sich die Hunde mit dem begnügen, was sie haben", fragte Ismael weiter, „oder werden wir die Räuber noch öfter hier sehen? Ihr habt lange genug in diesem Gebiet gelebt, und nun frage ich Euch: Was würdet Ihr an meiner Stelle tun?"

Der alte Mann zögerte einen Augenblick und schien die gewünschte Antwort nur mit innerem Widerstreben zu geben. „Ich sah zuviel Blut, das in unnützen Streitereien vergossen wurde, als daß ich den Lärm des Kampfes nochmals hören möchte. Doch was soll ich lange erzählen? Selbst das friedlichste Tier kämpft um seine Jungen!"

„Also soll auch niemand sagen, Ismael Busch habe weniger Liebe für seine Kinder gezeigt als eine Bärin für ihre Jungen!"

„Doch dies ist ein zu offener Platz, um gegen fünfhundert Wilde zu kämpfen", wandte der Trapper ein. „Drei Meilen von hier weiß ich eine Stelle, die man tagelang, ja wochenlang behaupten könnte."

Mit der ihm eigenen Energie ging Ismael sofort ans Werk, den Vorschlag des Trappers in die Tat umzusetzen. Das war, bei allem Fleiß und allem Eifer seiner Mannschaft, kein leichtes Unterfangen. Die schweren Wagen wurden über die Ebene gezogen, während die Mutter und Ellen Wade mit der erstaunten Kinderschar langsam folgten.

Das letzte Fahrzeug nahm das geheimnisvolle Zelt wieder auf und wurde von Ismael und seinem Schwager allein fortgezogen, ohne daß es dem aufmerksam beobachtenden Trapper gelungen wäre, einen Blick auf seinen Inhalt zu werfen. Nachdenklich sah der Alte dem davonrollenden

Wagen nach. Was für ein Geheimnis mochte es sein, das von den beiden Männern so sorgsam gehütet wurde?

Eine Woche war inzwischen seit dem Aufbruch aus dem ausgeplünderten Lager vergangen, und die Auswanderer hatten sich unter geschickter Ausnutzung der natürlichen Gegebenheiten an dem von dem Trapper empfohlenen Platz wie in einer kleinen Festung verschanzt. Auf einem hoch aus der Ebene aufragenden Felsen hatten sie sich aus Zweigen und Büschen mehrere Hütten gebaut und das luftige Lager mit einer Art Brustwehr aus Stämmen und Steinen umgeben. Auf dem höchsten Punkt des Felsens, der wie eine Pyramide anstieg, leuchtete das geheimnisvolle weiße Zelt gleich einer Standarte weit in die Ebene hinaus.

Ismael Busch stand am Fuße des Felsens und betrachtete den harten, unfruchtbaren Boden mit einem Blick voller Verachtung und Unwillen.

„Wir müssen unsere Natur ändern und Wiederkäuer werden", bemerkte er zu Abiram, dem Bruder seiner Frau, der selten von seiner Seite wich.

„Das Land hier können wir nicht brauchen", meinte Abiram, der wenig Verständnis für den bitteren Humor seines Schwagers zeigte. „Und es gibt noch einen Grund mehr für uns, bald weiterzuziehen", setzte er hinzu und blickte bedeutungsvoll zu dem hellen Zelt empor, das die Kuppe des Felsens krönte.

„Ich weiß es", antwortete Ismael, der die Anspielung auf ihr gemeinsames Geheimnis wohl verstanden hatte, „und ich erinnere mich leider nur zu oft, weshalb ich diesen verhängnisvollen Zug in die Prärie unternommen habe. Weder mir noch dir wird es etwas nutzen, wenn wir nicht ganz vollenden, was wir einmal begonnen haben. Aber wollen wir diese Karren noch Wochen und Monate lang selbst durch die Wüste ziehen? Erst muß ich mir die Tiere Huf um Huf von den Indianern wiederholen!"

Die laute und erregte Unterhaltung der beiden Männer hatte auch die Söhne Ismaels auf den Plan gerufen, die sich unweit von ihnen im trockenen Gras ausgestreckt hatten und nun zu ihnen traten.

„Ich habe Ellen Wade, die auf dem Felsen Wache hält, angerufen, ob etwas zu sehen ist", bemerkte Asa, der älteste der Brüder, „aber sie gibt keine Antwort."

„Ellen, was gibt's?" rief nun auch Ismael mit mächtiger Stimme zu dem Felsen hinauf, doch im gleichen Augenblick war die Gestalt, die eben noch am Rande des Felsens gestanden hatte und deren Aufmerksamkeit durch irgendein Ereignis in der Ferne in Anspruch genommen zu sein schien, ihren Blicken entschwunden.

„Der Wind wird das Mädchen heruntergeweht haben", rief Asa ängstlich aus, und die Bestürzung, die sein Ruf auslöste, ließ deutlich erkennen, welche Verehrung die an sich recht trägen und groben Söhne des Auswanderers der lieblichen Ellen entgegenbrachten.

Den aufmerksamen Beobachtern am Fuße des Felsens entging nicht, daß sich die Decken des kleinen Zeltes heftig bewegten, und nach kurzer Zeit kam Ellen darunter hervorgekrochen, um ihren luftigen Platz wieder einzunehmen. Sie schien sehr aufgeregt auf jemand einzureden und deutete mehrmals mit der Hand auf die Steppe hinaus.

Ismael hatte ihrem Treiben mit steigendem Unmut zugesehen, er stieß den Kolben seiner Flinte heftig auf den Boden und rief mit einer Stimme, die auch Ellen auf ihrem hohen Ausblick nicht überhören konnte: „Ellen, was hast du vor, du Törin? Willst du dich und uns unglücklich machen?"

Aber Ellen Wade schien wenig beeindruckt von dieser Warnung, sie antwortete nicht, ihre Aufmerksamkeit war durch andere Dinge zu sehr in Anspruch genommen.

Ismael hob die Flinte hoch. „Es scheint, sie hat ihre Muttersprache vergessen. Wollen doch mal sehen, ob sie nicht eine andere Sprache versteht." Ehe die Umstehenden begriffen, was er vorhatte, und ehe ihn jemand daran hindern konnte, schoß der wütende Auswanderer zum Felsen hinauf.

Ellen Wade stieß einen durchdringenden Schrei aus und verschwand in dem Zelt. Die Zuschauer dieses für alle unbegreiflichen Schauspiels waren im Zweifel, ob sie nur durch den ausgestandenen Schreck oder durch eine wirkliche Verletzung für ihre Unbotmäßigkeit gestraft wurde, und der übereilige Schütze sah sich plötzlich den mißbilligenden Blicken und zornigen Vorhaltungen seiner Söhne ausgesetzt.

„Was hat Ellen getan, Vater", rief Asa in höchster Erregung, „daß du auf sie schießt wie auf ein flüchtendes Reh?"

„Unrecht", erwiderte Ismael Busch ruhig und mit kalter Herausforderung in den Augen, die deutlich verrieten, wie wenig er sich aus dem unverhohlenen Unwillen seiner Söhne machte. „Unrecht, mein Junge", wiederholte er, „und ich werde darauf achten, daß dieser Ungehorsam nicht weiter um sich greift."

„Aber das ist doch kein Grund, auf ein wehrloses Mädchen zu schießen", entgegnete Asa mit einer Heftigkeit, die den Unmut des Vaters herausforderte.

„Schweig, Bursche!" fuhr er den Sohn an. „Du hättest allen Grund dazu, denn allein deiner Schläfrigkeit beim Überfall der Sioux haben wir unsere jetzige üble Lage zu verdanken."

„Sieh, Vater sieh!" riefen jetzt mehrere Stimmen auf einmal, als ergriffen sie mit Freuden eine Gelegenheit, den Wortwechsel der beiden zu unterbrechen, der immer heftiger zu werden drohte.

Der Auswanderer wandte sich von seinem unbotmäßigen Sohn ab und richtete seine Augen, in denen noch immer der Zorn glühte, nach oben. Das, was er jetzt sah und was die Aufmerksamkeit aller fesselte, ließ ihn zutiefst erschrecken.

An derselben Stelle, von der er eben Ellen Wade auf so hinterhältige Art vertrieben hatte, stand ein Mädchen von feinem und zartem Wuchs und außerordentlicher Schönheit. Ein glänzendes schwarzes Gewand umfloß die liebliche Gestalt, und das Haar fiel ihr in dicken Flechten über die Schultern.

Trotz der großen Entfernung bis zu der Höhe, auf der sie stand, ließ sich erkennen, daß sie noch sehr jung und den Kinderschuhen kaum entwachsen war. Sie schien sehr erregt, und in den Gesten ihrer Hände lag eine deutliche Aufforderung an Ismael, seine Wut nun gegen sie zu richten. Noch ehe sich die Gruppe des Auswanderers von ihrem Erstaunen über das ungewöhnliche Schauspiel erholt hatte, war Ellen zu dem zarten Wesen getreten, das sich so der Rachsucht Ismaels als Opfer anbot, und zog das Mädchen mit sanfter Gewalt in das schützende Zelt zurück.

Verwundert blickten Ismaels Söhne zu dem kahlen Felsen hinauf, wo die für ihre Augen fast überirdische Erscheinung ebenso schnell, wie sie aufgetaucht war, wieder verschwunden war, bis Asa mit dem Recht des Ältesten das fassungslose Schweigen brach.

Mit höhnischem Lächeln wandte er sich an Abiram: „Das also ist das geheimnisvolle Tier, das ihr als Lockvogel in die Steppe brachtet. Die Zeitungen in Kentucky nannten dich zwar hundertmal einen Händler mit schwarzem Fleisch, aber sie glaubten sicher nicht, daß du deinen Sklavenhandel auch auf Weiße ausdehnen würdest."

„Wer ist ein Menschenhändler?" fragte Abiram voller Ingrimm. „Bin ich für die Lügen verantwortlich, die über mich in den Zeitungen verbreitet wurden? Sieh nur deine eigene Familie an! Ich habe die Anschläge an den Pfählen gelesen, auf denen eure Namen standen, und die

Belohnung, die man für eure Ergreifung aussetzte, war nicht gerade klein."

Ein heftiger Schlag von Asas Faust unterbrach seine Rede, er wankte, und Blut floß ihm aus Mund und Nase.

„Halt ein, Asa! Halt ein!" rief der Vater. „Du hast den Bruder deiner Mutter geschlagen!"

„Ich habe den geschlagen, der unsere Familie beleidigte", entgegnete der zornige Jüngling, „und wenn der Verleumder seine Zunge nicht hüten kann, wird er mein Messer zu spüren bekommen!"

„Junge", lenkte der Vater beschwichtigend ein, „zweimal hast du dich heute bereits vergessen. Nimm dich in acht, daß es nicht ein drittes Mal geschieht. Und du, Abiram", wandte sich Ismael an seinen Schwager, „du sollst Genugtung haben, dafür sorge ich. Du hast böse Dinge über meine Familie gesagt. Aber wenn die Hunde des Gesetzes in den Niederungen ihre Plakate an die Bäume und Pfosten geschlagen haben, so geschah es nicht wegen irgendwelcher Schändlichkeiten.

Du weißt, daß wir nur das taten, was wir für unser gutes Recht hielten, denn auch wir haben Anspruch auf ein Stück von diesem Land. Aber mein Schlaf wäre ruhiger, Abiram, könnte ich meine Hände ebenso leicht reinwaschen von dem, was auf deinen Rat geschah. Doch genug davon jetzt und Friede zwischen euch, jedes weitere Wort könnte die Sache noch schlimmer machen."

Ismael Busch brachte seine Leute dann auch schnell auf andere Gedanken, als er ihnen gebot, ihre Waffen aufzunehmen und ihn auf die Büffeljagd zu begleiten. Er teilte sein Häuflein in mehrere Gruppen ein, und es war sicher wohlüberlegt, daß Abiram und Asa zusammen mit ihm ausziehen mußten, da er nur auf diese Weise einen neuen Ausbruch des Streits glaubte verhindern zu können.

Eine unerwartete Begegnung

Zur gleichen Zeit, da Ismael Busch für Ruhe und Frieden innerhalb seiner Familie sorgen mußte, saßen zwei Männer auf einer kleinen Anhöhe, nur wenige Meilen vom Lager des Auswanderers entfernt.

Sie waren eifrig bemüht, die Vorzüge eines schmackhaften Bisonrückens herauszustreichen, den sie gerade mit sichtlichem Behagen verzehrten, wobei auch Hektor, der Hund des alten Trappers, nicht zu kurz kam. Die angeregte Unterhaltung des Trappers und des Bienenjägers, die sich das Mahl teilten, wurde durch das plötzliche Auftauchen des Naturforschers Dr. Battius unterbrochen, der geradewegs auf ihren Lagerplatz zukam, als hätte ihn der köstliche Duft des gebratenen Fleisches auf den richtigen Weg gewiesen.

„Kommt her, Freund!" rief der Trapper, als der Ankömmling zögernd verharrte, „wenn der Hunger Euer Führer war, so hat er Euch an die rechte Stelle gebracht."

Der Naturforscher, der wieder einmal auf einer seiner Exkursionen begriffen war, begrüßte die beiden Männer und setzte sich zu ihnen. Er ließ sich auch nicht lange nötigen, wenngleich seine Bemühungen, das Mahl mit wissenschaftlichen Erklärungen über Art und Gattung des Tieres zu würzen, dessen Fleisch er mit so großem Genuß verzehrte, weder bei dem Trapper noch bei dem Bienenjäger den erhofften Widerhall fanden. So ging die von der einen Seite recht ernsthaft, von der anderen mehr scherzhaft geführte Unterhaltung hin und her, bis ein lautes Knurren von Hektor den Wortwechsel unterbrach.

Paul Hover war sofort auf den Beinen und riß seine Flinte hoch. „Kommt heran, wenn Ihr ein Freund seid", rief er, „aber seid auf alles gefaßt, wenn Ihr als Feind kommt!"

„Ein Freund ist's, ein Weißer und Christ dazu", antwortete eine Stimme aus dem nahen Dickicht, das den Wanderer bisher verborgen hatte. Mit der Vorsicht, die bei solchen Begegnungen in der Wildnis üblich und geboten war, trat der Fremde aus dem Gebüsch und beobachtete zunächst jede Bewegung der anderen, die sein Auftauchen mit gespannter Aufmerksamkeit erwartet hatten. Haltung und Kleidung des Mannes, der sich langsam näherte, ließen ihn sogleich als einen Soldaten erkennen.

„Ich komme als Freund", sagte er, „und meine Wünsche und Absichten werden die euren nicht stören."

Offenherzig steckte nach diesen Worten Paul Hover dem Fremden die Hand hin. „Wenn Ihr Euch nichts aus Honig macht und meine Schwärme nicht verfolgt, brauchen wir uns nicht zu streiten. Setzt Euch nieder und eßt mit uns. Seid Ihr schon lange von den Niederlassungen fort?"

„Schon manche Woche", erwiderte der Fremde, „und es könnten noch einige dazukommen, ehe ich wieder dorthin zurückkehren dürfte. Eure Einladung nehme ich gern an, denn ich habe seit gestern gefastet und weiß einen saftigen Bisonrücken wohl zu schätzen."

Ohne Umstände machte sich der Fremde über den Rest der Mahlzeit her, mißtrauisch beobachtet von dem Naturforscher, den das Erscheinen des jungen Mannes in seinem Revier offensichtlich stark beunruhigte, konnte er doch möglicherweise ähnliche Ziele verfolgen wie er selbst.

Des Doktors Mißtrauen wurde noch größer, als der junge Mann wenig Neigung zeigte, dessen Fragen nach dem Woher und Wohin zu beantworten, und sich lieber mit Andacht der guten Mahlzeit widmete, die ihm hier ganz unerwartet so gastfreundlich geboten wurde. Um schließlich allen weiteren Fragen des neugierigen Doktors vorzubeugen, griff er in seine Brusttasche und hielt dem lästigen Frager ein amtliches Dokument vor die Augen.

„Hier, mein Herr, werdet Ihr lesen, daß ich einiges Recht habe, in einer Gegend zu reisen, die rechtmäßiges Eigentum der Staaten ist", sagte er in einem Ton, der seine Verärgerung deutlich zum Ausdruck brachte.

„Was lese ich hier?" rief der Naturforscher höchst erstaunt. „Hier ist der Namenszug des Präsidenten Jefferson, und gegengezeichnet vom Kriegsminister. Es ist die Ernennung von Duncan Unkas Middleton zum Hauptmann der Artillerie!"

„Wer? Wer ist es?" fragte der Trapper, der den Fremden bisher nur schweigend gemustert hatte. „Wie ist der Name? Sagtet Ihr nicht Unkas?"

„Ja, so heiße ich", bestätigte stolz der junge Offizier. „Es ist der Name eines großen Häuptlings, den mein Oheim und ich als Ehrennamen führen, zum Andenken an einen wichtigen Dienst, den dieser Krieger unserer Familie in den langen Kämpfen in den Provinzen leistete."

„Unkas? Unkas?" wiederholte der Trapper, näherte sich dem Jüngling und betrachtete sinnend sein Antlitz. „Ach, meine Augen sind alt und nicht mehr so scharf wie damals, als ich selbst noch ein Kriegsmann war. Aber doch kann ich den Blick des Vater wiederfinden in den Augen des

Sohnes. Sagt mir, junger Freund, wie nannte man Euren Vater?"

„Er war Offizier im Revolutionskrieg und hieß wie ich, und mein Oheim, der Bruder meiner Mutter, hieß Duncan Unkas Heyward."

„Wieder Unkas, immer wieder Unkas", sagte der alte Trapper, und seine Stimme zitterte vor innerer Erregung. „Und wie hieß sein Vater?"

„Nun, der hieß ebenso, nur daß er den Beinamen des Häuptlings noch nicht trug. Ihm nämlich und seiner Frau, meiner Großmutter, wurde der Dienst, von dem ich sprach, erwiesen."

„Ich wußte es, ich wußte es!" rief tiefbewegt der alte Mann. „Ob Sohn oder Enkel, es ist dasselbe Blut, es ist sein Blick! Sagt mir, lebt er noch, Euer Großvater?"

Der junge Mann schüttelte traurig den Kopf. „Nein, er starb, geehrt und geliebt, in hohem Alter."

„So werdet Ihr ihn noch oft gesehen haben, junger Freund", fuhr der Alte fort. „Hat er Euch auch von Unkas und den Kämpfen in der Wildnis erzählt? Kommt, setzt Euch zu mir und sagt mir, was er Euch berichtete, wenn er sich jener schweren Zeiten erinnerte."

Der Jüngling war nicht wenig verwundert über die ungestüme Teilnahme des Alten an der Geschichte seiner Familie, hatte aber keinerlei Argwohn, daß irgendwelche Heimtücke oder Schlechtigkeit dahinterstecken könnte. Er folgte deshalb ohne jede Scheu der Aufforderung des Trappers.

„Es ist eine lange und manchmal auch eine sehr traurige Geschichte, es gab viel Blutvergießen damals und viel Grausamkeiten seitens der Indianer", begann er seine Erzählung über das wechselvolle Schicksal seiner Familie. „Drei Männer vor allem waren es, die in der Geschichte eine große Rolle spielten und deren Namen der Großvater immer wieder mit der größten Hochachtung nannte:

Chingachgook, der kühne Häuptling der Delawaren, Unkas, sein Sohn, und Nathanael Bumppo, der weiße Kundschafter."

Tief erschüttert lauschte der alte Mann den Worten des Jünglings, Erinnerungen, die lange geschlafen hatten, wurden in ihm wach, und Tränen liefen über das zerfurchte Gesicht, als er schließlich sagte:

„Junge, der Kundschafter, auch Falkenauge und Lederstrumpf genannt, bin ich. Damals war ich noch ein rüstiger Jäger und Krieger, heute bin ich nur noch ein alter Trapper."

Erstaunt blickte der Offizier auf. „Wir hatten Eure Spur verloren und Euch längst für tot gehalten; waret Ihr doch noch älter als der Großvater. Doch warum muß ich Euch, ehrwürdiger und trefflicher Freund meiner Familie, in dieser Wüste treffen, weitab von jeder Bequemlichkeit und Sicherheit, die das Unterland bietet?"

„Ich bin in die Prärie gezogen, um dem Klang der Axt zu entgehen, die die Wälder niederlegt, in denen meine Heimat war. Hier läuft mir kein Holzfäller in den Weg. Aber ich frage Euch dasselbe: Warum streift Ihr allein durch die Prärie?"

„Ihr werdet meine Gründe verstehen, wenn Ihr meine Geschichte hört, und ich will sie Euch gern erzählen, wenn Ihr wollt. Ich halte Euch, ehrwürdiger Freund, und Eure Gefährten für Männer, die gern jemand helfen, der einen edlen Zweck verfolgt."

„So erzählt uns, was Ihr vorhabt", sagte der Trapper, indem er sich niederließ. Die anderen folgten seinem Beispiel und lauschten gespannt dem Bericht des jungen Offiziers.

Der Tag neigte sich dem Ende zu, die Sonne versank blutigrot hinter den Höhen am fernen Horizont, und es dauerte nicht lange, da fiel der Schatten der Nacht auf die

Felsenburg und bedeckte die trostlose Landschaft der Pärie mit dem Mantel der Finsternis.

Esther, die Frau des Auswanderers, sammelte die kleineren Kinder um sich und lagerte sich mit ihnen auf einem Felsvorsprung ihrer kleinen Festung, um die Ankunft der Männer abzuwarten, die auf die Jagd gezogen waren. Ellen Wade hatte sich ihr zugesellt.

„Dein Oheim ist und bleibt doch ein dummer Projektemacher, Ellen", bemerkte die Frau des Auswanderers nach einiger Zeit vergeblichen Wartens auf die Rückkehr der Jäger. „Da sitzt er den ganzen Tag faul auf dem Felsen herum und macht Pläne über Pläne, und seine sieben faulen Söhne mit ihm. Und wenn es Nacht wird, haben sie noch nicht einmal das Nötigste zum Leben herangeschafft."

Ellen Wade war froh, einer Antwort enthoben zu sein, denn in diesem Augenblick tönte die wohlbekannte Stimme des Auswanderers von der Ebene herauf, und man hätte Ismael Busch auch gehört, wenn er nur halb so laut gerufen hätte.

„He, Frau, komm herunter mit den Kindern! Die Jungen sind auch zurück, und wir brauchen doppelt so viele Hände, um die Beute nach oben zu schaffen."

Im Nu war die kleine Gruppe auf den Beinen und stob, fast übereinander fallend, mit ungestümer Hast den gefährlichen Pfad vom Felsen in die Ebene hinab, gefolgt von Ellen Wade und der Mutter.

Am Fuße des Felsens fanden sie Ismael Busch fast niedergedrückt von der Last eines schweren, feisten Rehbocks, und nach und nach trafen in kleinen Gruppen seine Söhne und sein Schwager Abiram ein, jeder mit dem beladen, was er auf dem Jagdzug erlegt hatte.

„Die Ebene ist frei von den Rothäuten, wenigstens für heute nacht", sagte der Auswanderer. „Ich habe die Steppe viele Meilen weit durchforscht und darf mich wohl einen Kenner nennen, was das Lesen von Fußspuren anbetrifft.

Bereite uns noch ein ordentliches Stück Wildbret, liebe Frau, und dann wollen wir unser Tagewerk beschließen und schlafen gehen."

„Ich möchte es nicht beschwören, daß keine Wilden in der Nähe sind", meinte Abiram. „Ich verstehe mich wohl auf die Spur einer Rothaut, und ich will meinen Augen nicht trauen, wenn ich nicht doch Spuren gesehen habe. Aber wartet ab, bis Asa kommt. Er war ebenfalls an jener Stelle und kennt sich auch aus in diesen Dingen."

„Ach was", entgegnete Ismael unwirsch. „Von mir aus mögen sich alle Stämme der Sioux nur eine Meile von hier versammeln, sie werden diesen Felsen nicht erobern können, wenn ihn zehn kühne Männer verteidigen."

„Sag ruhig zwölf, Ismael", meinte seine furchtlose Frau, „denn wenn du den Doktor, diesen Mottensammler und Insektenjäger, als Mann mitzählst, dann mußt du mich gewiß für zwei zählen. Den mitzunehmen war mehr als dumm von dir. Wollte er mir doch kürzlich ein Pflaster auf den Mund kleben, als ich Schmerzen im Fuß hatte."

„Wirklich schade, daß du das Pflaster nicht genommen hast", erwiderte ihr Mann trocken, „es hätte dir gewiß gutgetan — und uns auch. Aber, Jungens", wandte er sich an seine Söhne, „Abiram könnte recht haben. Wir müssen auf den Felsen und vor allem das Wild in Sicherheit bringen."

Ismaels Wink wurde schnell befolgt, und in kurzer Zeit fand sich die ganze Familie auf der sicheren Höhe des Felsens wieder zusammen. Esther machte sich ans Werk und schaffte und zankte mit gleichem Eifer, bis das Mahl bereitet war, und alle nahmen ihren gewohnten Platz um das lustig flackernde Feuer ein. Dann gab Ismael das Zeichen zum Beginn der Mahlzeit, indem er sich von dem dampfenden Fleisch das beste Stück abschnitt.

„Es ist mir unbegreiflich, daß sich Asa immer noch draußen herumtreibt", sagte die Mutter unmutig und mit einem Unterton von Sorge. „Wenn alles richtig gegangen wäre, säße der Junge längst hier, hungrig wie ein Bär nach dem Winterschlaf. Sein Magen geht so genau wie die beste Uhr in ganz Kentucky und braucht doch niemals aufgezogen zu werden."

Ismael musterte den Kreis der Söhne, die schweigend mit ihrem Mahl beschäftigt waren und kein Wort zur Verteidigung des ältesten Bruders zu sagen wagten. Zum Erstaunen aller war es Abiram, der eine auffällige Anteilnahme am Ausbleiben Asas an den Tag legte.

„Es sollte mich wundern, wenn der Junge den umherstreifenden Sioux entwischen konnte. Und es täte mir aufrichtig leid, wenn gerade Asa, der doch der kräftigste und gewandteste von uns allen ist, in die Gewalt der Wilden geraten sein sollte."

„Spare deine Worte, Abiram", sagte Ismael ärgerlich, „du erschreckst nur die Frau und das Mädchen damit." Er erhob sich von seinem Steinsitz, reckte und streckte sich gähnend und deutete seine Absicht an, sich schlafen zu legen. Einer nach dem anderen folgte seinem Beispiel und suchte sein hartes Lager auf, und nach kurzer Zeit war Esther, die ihre Kleinen schon vorher niedergelegt hatte, allein mit ihren Gedanken und Sorgen. Sie fand keine Ruhe, und so mutig und unerschrocken sie auch selbst war, in ihrer lebhaften Phantasie malte sie sich immer wieder neue Gefahren aus, in die ihr ältester Sohn geraten sein konnte.

Sinnend und grübelnd verharrte sie auf ihrem luftigen Posten aus und horchte angestrengt in die Nacht hinaus. Schließlich schienen sich ihre geheimen Wünsche zu erfüllen, das Geräusch von Fußtritten kam näher und näher, und bald konnte sie am Fuße des Felsens die dunkle Gestalt eines Mannes erkennen.

„Nun, Asa, heute verdientest du mit vollem Recht, die ganze Nacht auf der blanken Erde schlafen zu müssen", rief sie dem Ankömmling zu. „He, Abner, daß du dich nicht untersteht, die Baumsperren zu öffnen, bis ich selbst unten bin. Ich will doch mal sehen, wer es wagt, eine friedliche Familie mitten in der Nacht im Schlaf zu stören."

„Frau!" rief von unten eine polternde Stimme, „untersteht Euch, mir außer Euren groben Worten auch noch Eure Wurfgeschosse an den Kopf zu werfen. Ich bin nicht Asa, sondern Obed, Doktor Obed Battius, und bitte um ehrenvollen und friedlichen Einlaß in die Festung, wie es mir zusteht."

Enttäuscht und mißmutig wandte sich Esther ab und suchte ihr Lager auf, während der durch den Wortwechsel alarmierte Abner dem Doktor die Sperren öffnete und dieser langsam den schwierigen Pfad emporkletterte, immer in der Erwartung, weitere Kostproben von der Zungenfertigkeit der Frau zu hören. So war er angenehm enttäuscht, als er unbehelligt den ihm zugewiesenen Schlafplatz aufsuchen konnte.

Doch statt zu schlafen, blieb der würdige Naturforscher aufrecht sitzen und sann über das nach, was er an diesem Tage gehört und gesehen hatte, bis ein Geräusch aus der nahen Hütte, in der Esther zu schlafen pflegte, ihn von dem wachen Zustand seiner Nachbarin überzeugte. Da er es für unbedingt notwendig hielt, etwas zu tun, was die Frau einschläfern konnte, bot er ihr einen Schlaftrunk aus seiner Medizinkiste an, und in weniger als einer halben Stunde war die Frau des Auswanderers in tiefen Schlaf gesunken.

Vorsichtig und leise, um bei seinem Vorhaben die anderen Mitglieder der Familie Busch nicht aufzuwecken, schlich sich der Doktor an den Lagerstätten vorbei und kletterte auf dem halsbrecherischen Pfad zur obersten Felsplatte hinauf. Er hatte das Ziel seiner nächtlichen Wanderung, das geheimnisvolle Zelt, noch nicht erreicht, da wurde er von einer sanften Stimme angehalten.

„Ist im Zelt jemand krank, daß der Doktor noch zu so später Stunde unterwegs ist?" fragte Ellen Wade.

„Still, Ellen, still! Ich bin höchst erfreut, daß niemand anders als du mich hier siehst. Sollte Ismael etwas von unseren Plänen erfahren, er würde nicht zaudern, uns beide von diesem Felsen hinabzustürzen."

„Dann darf ich wohl auch den Grund wissen, weshalb Ihr Euch der Gefahr aussetzt, von dieser Höhe hinabzufliegen?"

„Nichts will ich dir verbergen, würdige Ellen. Ich reiste in diese Wüste, um Tiere aufzuspüren, die bisher der Wissenschaft verborgen blieben. Und unter anderem entdeckte ich auch einen Menschen, Paul genannt . . ."

„Was gibt es? Sagte er Euch, daß Ihr auf diesen Felsen steigen solltet?" fragte Ellen in höchster Erregung. „Er weiß selbst nichts. Der Eid, den ich schwor, verschloß meinen Mund."

„Ei, aber da ist jemand, der keinen Eid geleistet und alles entdeckt hat. Ellen, Ellen! Der Mann, mit dem ich mich für diese Reise verbunden habe, ist alles andere als ehrlich. Dein Oheim, Kind . . ."

„Ihr meint Ismael Busch. Er hat meines Onkels Witwe zur Frau und ist alles andere als mein Oheim", entgegnete das Mädchen ein wenig beleidigt. „Wie gern würde ich das Band zerreißen, das nur der Zufall geknüpft hat. Doch — was brachte Euch wirklich her?"

„Ich muß das Wesen sehen, das dieses Zelt bewohnt."

„So wißt Ihr, wer darin ist?"

„Ich sollte es annehmen, und ich bringe einen Brief, den ich eigenhändig übergeben muß."

Eine grauenvolle Entdeckung

Im Lager des Auswanderers herrschte am anderen Morgen eine dumpfe und gedrückte Stimmung. Die sonst so lebhafte Frau war noch wie betäubt durch das Schlafmittel, das ihr der Doktor in der Nacht verabreicht hatte, die jungen Leute machten sich Gedanken über die Abwesenheit des ältesten Bruders, und selbst Ismael Busch blickte mit zusammengezogenen Brauen von einem zum anderen, als erwarte er einen Angriff, den er zurückschlagen müsse.

Mitten unter ihnen hatten auch Ellen und der Doktor ihren üblichen Platz eingenommen und vermieden alles, was nach ihren nächtlichen Heimlichkeiten irgendwelchen Verdacht in der Familie hätte erregen können.

„Asa soll mir für sein ungebührliches Benehmen büßen", sagte der Auswanderer und brach damit das drückende Schweigen. „Liegt die ganze Nacht da draußen, während uns sein Arm und seine Büchse gefehlt hätten, wenn es zum Kampf mit den Sioux gekommen wäre."

„Spare deine Worte, Mann", entgegnete Esther, „du wirst vielleicht noch lange nach deinem Sohn rufen müssen, ehe er dir antwortet. Du bist ein Tyrann gegenüber den Kindern, und nun hast du einen von deinen Söhnen fortgetrieben, gerade wo du ihn am nötigsten brauchst."

„Vater", sagte Abner, der seine sonstige Trägheit überwunden hatte, um einen in seinen Augen kühnen Vorschlag zu machen, „wir Jungen haben beschlossen, Asa zu suchen, denn sein Ausbleiben beunruhigt uns sehr."

„Pah", murmelte Abiram, „der Junge wird einen Bock oder einen Büffel geschossen haben und schlief bei der Beute, um die Wölfe fernzuhalten. Er wird sich bald melden, damit ihm jemand hilft, die Last heimzuschaffen."

„Mein Sohn braucht keine Hilfe, um einen Bock zu schultern oder einen Büffel zu zerlegen", erwiderte die Mutter. „Hast du nicht selbst gesagt, die Rothäute wären gestern ganz in seiner Nähe gewesen?"

„Ich?" rief ihr Bruder hastig. „Ja, ich habe es gesagt und sage es auch heute noch, und so wird es sich schließlich herausstellen. Die Wilden sind in der Nähe, und wir können von Glück sprechen, wenn er ihnen entkommen konnte."

Hier mischte sich der Doktor in die fruchtlose Diskussion ein und schlug von, daß sie alle hinausziehen und nach Asa suchen sollten. Esther war die erste, die seinem Plan zustimmte, und mit der ihr eigenen Entschlußkraft erschien die mutige Frau kurz darauf mit der Flinte im Arm, bereit, diejenigen ihrer Familie anzuführen, die ihr folgen wollten. „Laßt bei den Kindern bleiben, wer mag", rief sie, „und wer kein Hühnerherz hat, der gehe mit!"

„Abiram, wir können die Hütten nicht ohne Wache lassen", flüsterte der Auswanderer seinem Schwager zu und warf dabei einen vielsagenden Blick zu dem Zelt hoch über ihnen. Abiram verstand, was gemeint war, und erbot sich mit ungewöhnlichem Eifer, das Lager zu bewachen.

Sofort erhoben sich viele Stimmen gegen diesen Vorschlag, denn nur Abiram konnte ihnen zeigen, wo er die Spuren gesehen hatte, und seine Schwester schalt ihn gar vor aller Ohren einen Feigling. So mußte Abiram wohl oder übel nachgeben, und Ismael beauftragte Ellen Wade mit der Bewachung des Lagers, nicht ohne sie mit Ermahnungen und guten Lehren für ihr wichtiges Amt zu venrsehen.

Schnell trafen die jungen Männer die notwendigen Vorkehrungen zur Verteidigung der Felsenburg durch eine so schwache Besatzung. Sie verrammelten alle Zugänge zu dem Felsen, häuften Steine auf, die auch von den Kindern auf etwaige Angreifer heruntergerollt werden konnten, und schichteten aus Laub und Reisig einen Scheiterhaufen auf, der als Alarmzeichen bei drohender Gefahr angezündet werden sollte.

Sobald man den Felsen hinreichend gesichert glaubte, machte sich der Trupp auf seinen gefährlichen Weg. Nachdem sie lange Zeit schweigend in der von Abiram angegebenen Richtung marschiert waren und die Felsenfeste nur noch ein kleiner Punkt am Rande der Steppe war, blieb Ismael stehen und stieß den Kolben seiner Büchse auf den Boden.

„Es ist genug. Fährten von Büffeln und anderem Wild haben wir nun viele gesehen. Wo sind aber die Fußspuren der Indianer, die du entdeckt haben willst, Abiram?"

„Noch weiter nach Westen", entgegnete dieser. „Da traf ich auf die Fährte des Bocks, den ich erlegte, und dann stieß ich auf die Spur der Wilden."

„Kommt, Jungens! Es ist genug. Hier ist kein Indianer gewesen, seit der letzte Regen fiel. Folgt mir, ich will eine Richtung einschlagen, die uns wenigsten mit einem Stück Wild für unsere Mühe belohnen soll."

„Nein, folgt mir!" rief Esther, und schritt noch rascher vorwärts. „Heute bin ich der Anführer und verlange euren Gehorsam. Wem kommt es mehr zu, euch anzuführen, als einer Mutter, die ihr Kind sucht!"

Mit nachsichtigem Lächeln blickte der Auswanderer seiner resoluten Frau nach und gab seinen Jungen ein Zeichen, ihr zu folgen, wenngleich sie eine ganz andere Richtung einschlug als die, in der sie bisher gesucht hatten. Über eine Stunde verging, und noch immer fuhr Esther in ihrer furchtlosen Suche fort. Die Pausen waren jedoch schon häufiger und der Marsch langsamer geworden, als plötzlich Getrappel aufklang und ein Rehbock so schnell und unerwartet die vor ihnen liegende Anhöhe hinaufsprang, daß die Männer nicht einmal Zeit fanden, ihre Flinten von der Schulter zu nehmen.

„Seht dahinten den Wolf!" rief Abner.

„Halt!" gebot Ismael und fiel dem Jungen in die Flinte. „Es ist kein Wolf, sondern ein Hund, und dazu von guter Rasse. Es sind sicher Jäger in der Nähe, und da kommt auch noch ein zweiter Hund."

In großen Sprüngen setzten die beiden Tiere dem flüchtigen Wild nach, als plötzlich der eine Hund zur Seite sprang und mit heiserem Bellen im Kreise lief. Sein bejahrter Gefährte hielt ebenfalls in der Jagd inne und kehrte an den Platz zurück, hob die Nase in die Luft und brach in ein klagendes Heulen aus.

„Es muß schon eine sehr starke Fährte sein, die zwei Hunde von ihrer Spur abbringen kann", bemerkte Abner.

„Schieß sie tot!" schrie Abiram. „Ich schwöre, der alte Hund gehört dem Trapper, den wir als unseren Todfeind erkannt haben."

„Kommt, Jungens, kommt!" sagte der Auswanderer. „Ich würde mich schämen, einem Tier das Leben zu nehmen, nur weil mir sein Herr etwas zu nahe gekommen ist."

„Geht nicht fort!" schrie Esther ihrer Familie zu. „Geht nicht, meine Kinder. „Das ist ein Wink, und so wahr ich eure Mutter bin, ich will erfahren, was dahintersteckt."

Esther schwang ihre Büchse und ging voran zu der Stelle, wo die Hunde die Luft immer noch mit langgezogenen Klagetönen erfüllten.

„Sagt mir, Kinder", fragte die Mutter, als sie an den Platz kamen, wo die Erde zerstampft und mit Blut befleckt war, „sagt mir, welches Tier hat hier seinen Tod gefunden?"

„Ein Büffel wohl, und ein kräftiges Tier gewiß", antwortete Ismael, der ruhig und gelassen die verhängnisvollen Zeichen betrachtete, die seine Frau so eigenartig rührten. „Das Tier lebt sicher noch, und dort in jenem Weidengebüsch, über dem die Geier kreisen, als warteten sie nur auf seinen Tod, werden wir es finden."

„Ach, laßt uns lieber zurückgehen", sagte Abiram. „Es ist ein gefährliches Spiel, ein todwundes Tier anzugreifen."

Die jungen Leute lächelten über diesen neuen Beweis der Furchtsamkeit ihres Onkels. Ohne auf Abirams Rat zu achten, setzte sich der Trupp in Richtung auf das Dickicht in Bewegung und machte erst kurz davor halt. Die Jungen trieben die Hunde durch laute Zurufe ins Gebüsch, aber kaum darin verschwunden, kamen sie winselnd und heulend zurück.

„Habe ich einen Mann unter meinen Kindern?" fragte die erregte Esther. „Gebt mir ein anderes Gewehr als diese Kinderflinte, und ich will euch zeigen, was der Mut eines Grenzerweibes vermag!"

„Bleib, Mutter!" riefen Abner und Enoch. „Wenn du das Tier unbedingt sehen willst, wir treiben es heraus."

Furchtlos drangen die beiden Jungen in das Dickicht, die anderen in atemloser Spannung zurücklassend. Dann hörte man ein lautes, durchdringendes Geschrei, dem eine noch schrecklichere Stille folgte.

„Kommt zurück, meine Kinder! Kommt zurück!" rief die Mutter verzweifelt.

Aber die Stimme versagte ihr, und sie erstarrte vor Schreck, als sich in diesem Augenblick das Gebüsch wieder auftat und die beiden Jungen ihr den steifen Körper des ältesten Sohnes vor die Füße legten. Er trug alle Zeichen eines gewaltsamen Todes.

„Tretet zurück! Zurück ihr alle!" sagte Esther barsch zu dem Haufen, der sich um den Leichnam drängte. „Ich bin seine Mutter, mir gebührt das Recht vor allen. Wer hat das getan? Sagt's mir, Ismael, Abiram, Abner! Wer beging diese blutige Tat?"

Ihr Mann gab keine Antwort. Er stand auf seine Büchse gelehnt und blickte düster und unbewegt auf den toten Sohn. Die Mutter warf sich auf die Erde, bettete das kalte Haupt des Toten in ihren Schoß und betrachtete lange das verzerrte Antlitz mit einem Schweigen, das mehr sagte als die bitterste laute Klage.

Vergebens versuchten Ismael und die Jungen, die verzweifelte Frau durch einige mitfühlende Worte zu trösten, sie hörte und sie antwortete nicht.

„Das verdanken wir den verdammten Sioux!" rief der Auswanderer schließlich aus. „Zweimal haben sie mich jetzt beraubt, beim dritten Mal werden wir quitt sein!"

Die Söhne begannen unterdessen nach irgendwelchen Zeichen zu suchen und gingen mit der Erfahrung und dem Geschick von Grenzern, die sich in diesen Dingen auskennen, an ihre traurige Aufgabe. Sie fanden bald heraus, daß Asa die tödliche Wunde in der offenen Steppe erhalten und sich mit letzter Kraft in das Dickicht geschleppt hatte, um sich zu verbergen. Die zertretenen Zweige am Rande des Wäldchens, die tiefen Fußspuren und die blutgetränkte Erde ließen erkennen, daß der schwerverwundete Asa verzweifelt mit seinem Mörder gerungen hatte.

„Der Junge wird von einer ganzen Schar Wilder angegriffen worden sein", meinte Abiram, „und er hat wie ein Held gekämpft, bis ihn die Kräfte verließen."

Doch Ismael schien diese Erklärung noch nicht zu genügen. Er ließ auch die Wunde untersuchen, und sie stellten fest, daß der heimtückische Mörder Asa hinterrücks erschossen haben mußte. Die Kugel war durch die Brust wieder ausgetreten, und sie fanden sie in seinen Kleidern.

Ismael betrachtete die Kugel lange und sorgfältig. „Es kann kein Zweifel sein", murmelte er, „die Kugel stammt aus dem Stutzen des verfluchten Trappers. Wie viele Jäger hat auch er seine Munition gezeichnet, und hier ist sein Zeichen deutlich zu sehen: sechs kleine Löcher, kreuzweise eingeschlagen."

„Ich kann es beschwören!" rief triumphierend Abiram. „Er selbst zeigte mir dieses Merkmal und rühmte sich der Menge des Wildes, das er mit solchen Kugeln niederstreckte. Nun, Ismael, wirst du mir jetzt glauben, daß der alte Schurke ein Spion der Rothäute ist?"

Das Blei ging von Hand zu Hand, und sehr zum Unglück für die Ehre des Alten erinnerten sich auch einige von Ismaels Söhnen, das Zeichen an den Kugeln gesehen zu haben, als sie einmal die Habseligkeiten des Trappers durchsucht hatten.

„Asa starb wie ein Held", sagte Ismael Busch und zog einen düsteren Trost aus dieser Feststellung. „Kommt, Kinder, wir wollen ihn begraben und dann seinen Mörder verfolgen!"

Bedrückt und schweigend gingen die jungen Leute ans Werk und bereiteten ihrem toten Beruder die letzte Ruhestätte inmitten der Prärie. Ismael stand mit verschränkten Armen dabei, tiefbewegt nahm er Abschied von seinem ältesten Sohn. Als alles vorüber war, entblößte er sein Haupt und dankte seinen Söhnen. Sanft hob er die am Grabe niedergesunkene Esther auf und sagte: „Wir haben nun alles getan, was in unserer Kraft stand. Wir haben den Knaben großgezogen, und nur wenige an den Grenzen Kentuckys waren ihm gleich an Mut und Kraft, und nun haben wir ihm hier sein frühes Grab bereiten müssen."

Die Frau wandte langsam ihre Augen von der frischen Erde ab, legte die Hände auf die Schultern ihres Mannes und ließ sich willenlos wegführen. Schweigend und in dumpfer Trauer zog die Familie des Auswanderers zum Lager auf dem Felsen zurück, der sich gegen die sinkende Sonne deutlich über der Prärie abzeichnete.

„Das wird für die armen Mädchen eine traurige Nachricht sein", sagte Ismael, als sie bereits die einzelnen Gegenstände auf der Höhe genau erkennen konnten. „Asa war bei den Kleinen so beliebt, und selten vergaß er, ihnen etwas von der Jagd mitzubringen, um sie zu erfreuen. Aber was ist aus Ellen und den Kleinen geworden? Hat sie ihren Auftrag vergessen?"

Ismael gebot Abner, seine Flinte abzuschießen, um Ellen von ihrer Rückkehr zu unterrichten, aber nichts rührte sich auf dem Felsen. Einen Augenblick stand der ganze Haufe in Erwartung, und dann trieb sie ein plötzlicher Entschluß, ihre Gewehre gleichzeitig abzufeuern. Aber auch dieser laute Knall schien die schlafende Mannschaft weder zu schrecken noch aufzuwecken.

„Da bewegt sich etwas!" rief Abiram, wie von einer unangenehmen Befürchtung befreit.

„Es ist ein Rock, der auf der Leine flattert", sagte Esther, „ich habe ihn selbst zum Trocknen aufgehängt."

„Du hast recht. Aber da kommt jemand aus dem Zelt, die Decke bewegt sich", erwiderte Abiram.

„Nein, nein", rief Ismael, der seine Unruhe nicht mehr verbergen konnte, „nein, das Zelt ist lose, es bewegt sich im Wind. Die törichten Kinder haben es losgemacht, und es wird auf uns herabfallen, wenn wir nicht rechtzeitig oben sind."

Im nächsten Augenblick faßte ein Windstoß das Zelt wie ein Segel an, hob es empor und wehte es vom Felsen hinunter in die Prärie.

„Die Mörder sind hiergewesen!" schluchzte Esther. „Meine armen Kinder! Meine armen Kinder!"

Einen Augenblick stand Ismael wie erstarrt von diesem neuen unerwarteten Schlag. Dann schüttelte er sich, sprang vorwärts, riß die Sperren auseinander und stürzte mit Ungestüm die Höhe hinauf.

Die Gefangene der Felsenburg

Nachdem die Familie des Auswanderers auf die Suche nach Asa ausgezogen war und Ellen Wade mit den Kleinen als Wache auf dem Felsen zurückgelassen hatte, war sie in den ersten Stunden damit beschäftigt, den vielerlei Wünschen und Anforderungen ihrer jungen Gefährten zu genügen. Kaum hatte sie sich einen Augenblick in das Zelt zurückgezogen, um die geheimnisvolle Bewohnerin zu betreuen, da wurde sie durch das laute Geschrei der Kinderschar alarmiert.

„Ellen, sieh doch!" rief ein halbes Dutzend eifriger Stimmen. „Dort kommen Männer. Phöbe sagt, es seien Sioux-Indianer."

Zu ihrer Bestürzung sah Ellen vier Männer, die sich schnell dem Felsen näherten und denen sie sich ohne Beistand gegenübersah. Nur von einer Schar erschrockener Kinder umgeben, die sich ängstlich an sie schmiegten, überwand sie ihre anfängliche Furcht und faßte schnell die wenigen Mittel ins Auge, die ihr zur Verteidigung dienen konnten.

Den beiden ältesten Mädchen, Phöbe und Hetty, drückte sie eine Flinte in die Hand, die anderen beorderte sie an die Hebebäume, mit deren Hilfe sie dicke Steine auf die Angreifer herabrollen konnten. So gerüstet, erwartete Ellen mit ihrer jungen Mannschaft die vermeintlichen Angreifer.

Um so mehr war Ellen überrascht, als sich der erste der inzwischen auf Rufweite herangekommenen Männer als Doktor Battius entpuppte. Der Naturforscher näherte sich langsam dem Felsen, während seine Begleiter noch durch eine Bodenwelle verdeckt waren, und hielt seine Flinte hoch. Ein weißes Tuch wehte daran, das seine friedlichen Absichten kundtun sollte. Er forderte die Besatzung des Felsens auf, sich zu ergeben und alle feindseligen Handlungen gegen ihn und seine Freunde zu unterlassen.

„Ich dachte, Ihr wäret unser Freund", rief ihm Ellen zu. „Habt Ihr nicht einen Vertrag mit Ismael geschlossen?"

„Der ist null und nichtig", erwiderte der Doktor. „Man hat mich betrogen. Dir aber, Ellen, bin ich gutgesinnt. Nimm Vernunft an und übergib uns den Felsen!"

„Ich verstehe Euch nicht, Doktor Battius", sagte Ellen. „Wie könnt Ihr von mir verlangen, daß ich so treulos gegenüber dieser Familie handeln soll, zu der ich wohl oder übel nun einmal gehöre."

Inzwischen war auch Paul Hover an der Seite des Naturforschers aufgetaucht. „Ellen, liebe Ellen", rief er dem geliebten Mädchen zu, „du wirst mich doch nicht als deinen Feind betrachten!"

„Aber du darfst nicht erwarten, daß ich Verrat an meinem Onkel übe und Leute hereinlasse, die als seine Feinde kommen."

„Sind wir Räuber und Mörder? Ich — oder der Doktor, oder dieser Greis und dieser Offizier der Staaten?" fragte

Paul Hover mit Bitterkeit und deutete dabei auf den alten Trapper und seinen jungen Freund, die beide zu ihm getreten waren.

„Was verlangt ihr denn von mir?" fragte Ellen und rang die Hände in Ungewißheit und Verzweiflung.

„Es ist alles heraus, Ellen, wir haben die geheimen Missetaten deines Onkels aufgedeckt. Wir sind gekommen, die Gefangene zu befreien und ..."

„Ich habe einen Eid abgelegt", unterbrach ihn das Mädchen, „weder den Inhalt des Zeltes zu verraten, noch der Eingekerkerten zur Flucht zu verhelfen. Ich bin zur Bewachung und Verteidigung des Felsens zurückgelassen worden, solange die Männer draußen jagen, und ich werde mein Amt ausüben, bis mein Onkel zurückkommt."

„Das hieße, die günstige Gelegenheit verpassen, die sich nie wieder bieten wird", bemerkte ernst der junge Offizier zu seinen Begleitern. „Die Sonne beginnt bereits zu sinken, es wird auch nicht mehr lange dauern, bis der alte Grenzer mit seiner Horde auftaucht."

„So sei's denn!" rief der Bienenjäger ungeduldig und machte einen gewaltigen Sprung nach vorn an den Fuß des Felsens, wo er unter einem Vorsprung Schutz fand.

„Paul!" schrie Ellen. „Keinen Schritt weiter, oder die Steine werden dich zermalmen! Die Mädchen sind bereit und gewillt, die Steine hinunterzurollen!"

„Dann treibe du die verdammte Brut aus dem Korb!" antwortete Paul Hover. „Ich werde den Felsen ersteigen, und wäre er mit Hornissen bedeckt!"

„Niemand wird uns hindern!" schrie trotzig das älteste Mädchen und schwang ihre Flinte mit der Miene und Entschlossenheit einer Amazone. „Ich habe dich erkannt, Ellen Wade. Du hältst im Herzen zu den Leuten des Gesetzes. Rühre dich nicht! Ich möchte den sehen, der in Ismael Buschs Lager zu kommen wagt, ohne seine Kinder um Erlaubnis zu fragen."

In diesem Augenblick wurde der laute Wortwechsel von derselben glänzenden Erscheinung unterbrochen, die schon am Tag zuvor einen kaum weniger lebhaften Tumult beendet hatte, als sie sich auf der Kuppe des Felsens zeigte.

„Im Namen dessen, der über alle befiehlt, gebiete ich euch einzuhalten mit dem Streit!" sprach eine sanfte beschwörende Stimme, und aller Augen wandten sich sogleich der lieblichen Gestalt zu.

„Inez! Inez!" rief der Offizier. „Sehe ich dich endlich wieder! Jetzt bist du mein, und wäre der Felsen von tausend Teufeln besetzt. Voran, ihr Leute!"

Das plötzliche Auftauchen der geheimnisvollen Zeltbewohnerin machte auf die jungen Verteidiger des Lagers einen solchen Eindruck, daß die Männer die allgemeine Verwirrung benutzen konnten, um ungefährdet den Felsen zu gewinnen und die furchtlosen Töchter des Auswanderers zu entwaffnen.

Überglücklich schloß Hauptmann Middleton seine junge Frau in die Arme und führte sie ins Zelt zurück, und Inez berichtete ausführlich, wie sie in die Gewalt des Auswanderers und seines Schwagers geraten war.

Inez, die Tochter eines alteingesessenen spanischen Landedelmannes, war am Tag ihrer Vermählung mit dem jungen Offizier auf Veranlassung von Verwandten geraubt worden, die es auf das Erbe des reichen Edelmannes abgesehen hatten. Gegen gutes Geld hatte sich Abiram an diesem schändlichen Tun beteiligt und seinen Schwager Ismael beredet, die Gefangene in die Prärie mitzuschleppen, wo sie sich vor Nachforschungen sicher glaubten.

Middleton hatte jedoch in Erfahrung bringen können, daß seine Frau im Zuge des Auswanderers mitgeführt wurde, und es war ein glücklicher Zufall, daß er bei der Verfolgung des Zuges auf den alten Trapper und seine Gefährten gestoßen war, die ihm sofort ihre Hilfe bei der Befreiung der bedauernswerten Inez angeboten hatten.

Während so für die jungen Leute die Zeit mit der Erzählung aller Begebenheiten bis zur Stunde des glücklichen Wiedersehens wie im Fluge verging, war der alte Trapper nicht müßig gewesen. Er hatte den in der Ebene grasenden Esel des Naturforschers eingefangen, und die Männer waren eifrig damit beschäftigt, die wenigen Habseligkeiten von Inez und Ellen und die Sammlung des Doktors vom Felsen herunterzuschaffen und dem geduldigen Lasttier aufzubürden.

Der alte Trapper drängte zur Eile, denn jeden Augenblick konnte Ismael Busch mit seinen Leuten zurückkehren, und ein Zusammentreffen mit ihm mußten sie auf jeden Fall vermeiden, wollten sie den Erfolg ihres Unternehmens nicht noch im letzten Augenblick gefährden.

Mehr aus Rücksicht auf die schutzlosen Kinder als aus Anhänglichkeit an die Familie des Auswanderers weigerte sich Ellen Wade zunächst, sich den Flüchtenden anzuschließen, und es bedurfte der ganzen Überredungskunst Paul Hovers, dem jungen Mädchen klarzumachen, daß ihr Platz jetzt an seiner Seite sei.

Die kleine Gruppe der Flüchtigen hatte das Gebüsch in der Nähe des Felsens, das ihnen Schutz vor schneller Entdeckung bot, gerade erreicht, als auch Ismael Busch zu seinem Lager emporstürmte und feststellen mußte, daß das Nest bis auf die verängstigte Kinderschar leer war. Rache und Vergeltung für den ihm zugefügten Streich war sein einziger Gedanke.

Um den zu erwartenden Verfolgern zu entgehen und sie über den eingeschlagenen Fluchtweg zu täuschen, führte der erfahrene Trapper seine Gefährten in einem weiten Halbkreis um den Felsen herum und in die Nähe jenes Ortes, wo Ismael und seine Söhne erst vor wenigen Stunden Asa zur letzten Ruhe gebettet hatten. Ihr schneller Marsch wurde plötzlich unterbrochen, als Hektor aufgeregt schnupperte und seinen Herrn knurrend mahnte.

Der alte Trapper beobachtete sorgfältig das Dickicht und nahm seine Flinte hoch, als sich vor ihm die Zweige auseinanderbogen und die schlanke Gestalt eines Indianers auftauchte. Mit schnellem Blick vergewisserte sich der erfahrene Streifschütz, daß der Indianer allein war, und ging ihm kühn und furchtlos entgegen, wobei er ihm seine friedlichen Absichten durch die vorgestreckte flache Hand kundtat.

Der rote Krieger erwartete den Alten in stolzer Haltung und mit ruhiger Gelassenheit, in seinem Gesicht, dessen starke Bemalung den seiner Rasse eigenen Ausdruck der Wildheit noch verstärkte, verzog sich keine Miene.

Der Kopf des Wilden war bis zum Wirbel glatt und kahl, lediglich eine einzige Scheitellocke bildete den Kopfschmuck. Trotz der schon späten Jahreszeit war er nur mit einer dünnen Haut aus Wildleder bekleidet, die Beine waren mit einem glänzenden Tuch umwickelt, das über und über mit Haarbüscheln von Menschenschädeln besetzt war.

Der alte Trapper, der aus der Art des Kriegsschmucks erkannt hatte, daß die Rothaut zum Stamme der Pawnees gehörte, begrüßte den Indianer in der Sprache seiner Väter.

Während sich die Gefährten des alten Trappers auf eine längere Rast einrichteten, begann der Alte eine Unterhaltung mit dem Pawnee, wobei jeder die Pläne des anderen zu entdecken versuchte, ohne die eigenen dabei mehr als nötig preiszugeben. Wie es bei zwei so gleichwertigen und erfahrenen Gegnern nicht anders sein konnte, entsprach dabei der Erfolg auf beiden Seiten nicht den Erwartungen, denn jeder war ängstlich bemüht, sich keine Blöße zu geben.

Der Trapper, dem viel daran lag, zu erfahren, ob er bei seinem weiteren Fluchtweg nötigenfalls Schutz und Hilfe bei den ihm als friedfertig bekannten Pawnees finden würde, nahm schließlich das Gespräch wieder auf. „Die Pawnees sind ein großes und weises Volk", sagte er, „und die weißen Langmesser sprechen mit Hochachtung von den schnellen Wölfen und ihrem großen Häuptling Hartherz."

Der rote Krieger warf einen langen Blick auf den Alten, als wolle er in seinem Herzen lesen, ob seine Worte ehrlich gemeint seien. Da ertönte aus dem Gebüsch ein lauter Ruf von Paul Hover, und im nächsten Augenblick erschien der Bienenjäger selbst und führte ein rassiges Pferd am Zügel, das zweifellos dem Indianer gehörte.

„Seht euch dieses Pferd einer Rothaut an", sagte er. „In ganz Kentucky gibt es keinen Brigadier, der sich Herr eines so prächtigen Tieres nennen dürfte. Wäre das nicht ein tüchtiger Läufer für uns? Oder soll das schöne Tier weiter aus der Krippe des Wilden fressen, alter Trapper?"

„Gemach, gemach, junger Freund!" antwortete der Trapper. „Die Wölfe sind berühmt wegen ihrer schnellen Pferde. Aber das ist in der Tat ein Tier, das kein anderer als ein mächtiger Häuptling reiten dürfte. Ich wette, diese Rothaut da ist der Sohn des großen Hartherz."

Der Pawnee hatte weder Ungeduld noch Mißvergnügen gezeigt, als sich die weißen Männer so eifrig mit seinem Pferd beschäftigten, und ihr Lob schien ihn stolz zu machen. Doch dann nahm er wortlos und mit der Miene eines Mannes, der gewohnt ist, daß sein Wille geachtet wird, Paul den Zügel aus der Hand, warf ihn über den Hals des Tieres und sprang mit katzenhafter Gewandtheit in den Sattel.

Trotz seiner schnellen und überraschenden Bewegung schien es dem Wilden mit dem Aufbruch nicht zu eilen. Er ritt einigemal auf und ab, zügelte das sich aufbäumende Pferd, das seinem Herrn an Wildheit nicht nachzustehen schien und verharrte dann abwartend in angemessener

Entfernung von dem Trapper mit einem Ausdruck von Hochmut und Mißtrauen.

„Es ist weit zum Dorf der Wölfe", sagte er schließlich und deutete mit dem ausgestreckten Arm in eine Richtung, die, wie der Alte wohl wußte, der Lage der Indianersiedlung genau entgegengesetzt war.

„Ja, weit und winklig wäre der Weg", murmelte der Alte, „wenn wir in dieser Richtung suchten, aber nicht halb so winklig wie die Listen und Schliche einer Rothaut. Sag mir, Bruder", fuhr er lauter fort, „sehen die Häuptlinge der Pawnees gern fremde Gesichter in ihren Wigwams?"

„Wann hätte mein Volk je vergessen, den Fremden Speise und Trank zu bieten? Aber warum ziehen die Langmesser so weit der untergehenden Sonne entgegen? Haben sie den Weg verfehlt, oder gehören sie zu dem Trupp der weißen Krieger, die von Sonnenaufgang her den Fluß der trüben Wässer heraufdringen?"

„Wir sind nur friedliche Wanderer. Auf dem Weg zu den weißen Siedlungen wurden wir von den räuberischen Sioux überfallen und beraubt. Doch weiße und rote Mensch sind Nachbarn in diesem Land und sollten auch Freunde sein."

„Die Sioux sind Teufel und Lügner!" rief der rote Krieger. „Sie wagen die Augen nicht zu schließen in der Nacht aus Angst vor den Wölfen der Pawnees."

Der Indianer schwieg plötzlich, als habe ihn die Erwähmung des mit den Pawnees verfeindeten Stammes an seine eigentliche Aufgabe erinnert und er sich schon viel zu lange durch die Fremden aufhalten lassen. Er lauschte angestrengt in die Ferne, schlug noch einmal einen Kreis um den Trapper und seine Freunde und schoß dann ohne ein Wort des Abschieds wie ein Pfeil davon und in die Ebene hinaus.

Der alte Trapper blickte ihm verwundert nach und schüttelte den Kopf. „Ich wette, da steckt was dahinter. Der

Bursche hat irgend etwas gehört, was meine alten Sinne leider nicht mehr aufnehmen können."

„Es ist nichts zu sehen", meinte Middleton, der dicht neben dem Alten stand. „Meine Ohren sind so gut wie meine Augen, und doch kann ich Euch versichern, daß ich weder etwas höre noch sehe."

„Ihr vermögt damit wohl eine Kirche zu sehen und eine Glocke zu hören", entgegnete der Alte in belehrendem Ton. „Aber wenn Ihr erst ein Jahr in dieser Steppe zugebracht habt, werdet Ihr wissen, wie Euch die Sinne täuschen auf dieser nackten Ebene hier. Doch da oben ist ein Zeichen, das ein Jäger nie verkennt!"

Der Streifschütz deutete auf einen Zug Geier, der nicht weit von ihnen über die Ebene hinsegelte. „Hört!" rief er. „Da ist das Geräusch einer Büffelherde, und die Geier kreisen über ihr. Der Pawnee hat sicher längst einen Trupp seiner Leute alarmiert, und gleich werden wir eine herrliche Jagd sehen. Das zwingt den Auswanderer und seine Brut in ihr Versteck, und wir haben ihn vorerst nicht zu fürchten."

Aller Augen richteten sich jetzt auf das großartige Schauspiel, das sich in der Ebene vor ihnen bot. Eine gewaltige Herde von Büffeln brauste mit ungeheurem Getöse über die harte Steppe, über der eine dunkle Staubwolke aufstieg.

„Da gehen an die zehntausend Tiere in einer Herde", bemerkte der alte Trapper, „ohne Aufseher und ohne Herr, den ausgenommen, der sie erschuf und ihnen diese offene Ebene zur Weide gab. Aber was ist das? Die Herde schwenkt auf uns zu, es wird höchste Zeit, daß wir uns vorsehen. Laßt die Frauen im Gebüsch Schutz suchen, wir werden hier Posten fassen, daß uns das Hornvieh nicht überrennt."

Es gehörte jetzt schon einige Standhaftigkeit dazu, die eigene Stellung gegenüber der heranbrausenden Masse zu behaupten. Unruhig blickten die Gefährten auf den alten Trapper, der die ganze Zeit gelassen die Bewegungen der Herde überwachte. Als die Spitze des Zuges nahe genug herangekommen war, richtete er sein Gewehr auf das vorderste Tier und feuerte.

Der Leitochse fiel auf die Knie nieder, die folgenden Tiere blieben einen Augenblick zaudernd stehen und wichen zurück, und die nachdrängenden brachen zur Seite aus. Sogleich bildeten sich zwei getrennte breite Ströme, die rechts und links an dem Dickicht, das den Frauen Schutz bot, vorbeizogen und sich in einiger Entfernung dahinter wieder vereinigten.

Während so der alte Trapper durch sein mutiges Eingreifen verhinderte, daß Tausende von Hufen das Dickicht niedergewalzt und sie alle in größte Gefahr gebracht hätten, tauchten plötzlich in dem über der Ebene liegenden Staub und Dunst einige indianische Reiter auf, die der Herde gefolgt waren und jetzt ein leichtes Spiel mit den Nachzüglern hatten. Er hielt sie zunächst für Pawnees, mußte jedoch beim Näherkommen zu seinem Schrecken feststellen, daß es eine Bande von Sioux-Indianern war, die sich um die reichliche Jagdbeute versammelte.

„Ins Versteck, Leute! Ins Versteck!" rief er angesichts dieser neuen Gefahr. Im Nu waren sie alle in dem dichten Gestrüpp untergetaucht, wo sie mit ernster Miene berieten, wie sie der Bedrohung am besten begegnen könnten.

„In diesem Lande ist ein starker Arm besser als Recht und Gesetz!" sagte nachdenklich der alte Trapper. „Jetzt hängt alles allein von unserer Kraft und Klugheit ab."

Der Lärm, der den Zug der Herde begleitet hatte, war nun vorüber, und der Wind hatte die Staubwolken verweht, so daß man die Bewegungen der Sioux deutlich erkennen konnte.

„Wir wissen nun, wen wir vor uns haben", sagte der Alte und schüttelte besorgt das graue Haupt. „Die Bande

wird die Spur des Auswanderers verloren haben und ist nun auf der Suche nach ihm. Da, sie halten! Sie haben das Grab des Jungen entdeckt und untersuchen die Fußspuren an jenem Platz."

Es dauerte nicht lange, da setzte sich der wilde Haufe in Richtung auf das Dickicht in Bewegung. Der alte Trapper und seine Freunde beobachteten aus ihrem Schlupfwinkel heraus die näher kommenden Rothäute mit Unruhe und Besorgnis. Während der junge Offizier den alten Trapper drängte, die Waffen sprechen zu lassen, riet der Alte zu friedlichen Mitteln, um die Roten abzuschütteln, denn die waren ihnen zahlenmäßig zu sehr überlegen, als daß ein Kampf Aussicht auf Erfolg gehabt hätte.

„Was der Mensch mit seiner Kraft nicht zwingen kann, muß er mit List umgehen", meinte der alte Trapper. „Ich werde mich deshalb jetzt allein auf der Ebene zeigen und hoffe, die Augen der Rothäute von dieser Stelle abzulenken und euch Zeit und Raum zur Flucht zu geben."

Aufrecht und mutig schritt der Alte auf die Gruppe der Indianer zu. Auf Rufweite herangekommen, blieb er stehen, stützte seine Büchse auf die Erde und erhob die offene Hand zum Friedenszeichen. Der Freudenschrei, mit dem die Bande seinen Gruß beantwortete, bewies ihm, daß sie in ihm ihren entflohenen Gefangenen erkannt hatten.

„Wo sind Eure jungen Leute?" rief der Häuptling und ging dem alten Trapper entgegen.

„Die Langmesser fürchten sich nicht, allein zu gehen", antwortete der Trapper mit Würde und Gelassenheit.

„Euer Haupt ist weiß, aber Eure Zunge ist spitz. Mahtoree weiß, daß Ihr nicht allein reist."

„Die Wanderer in der Ebene sind nicht meine Freunde. Ihr befreitet sie von ihren Pferden, während sie schliefen. Die Weiber der Bleichgesichter aber sind nicht gewohnt, weit zu Fuß zu gehen. Sucht sie also dort, wo ihr sie verlassen habt."

„Das Haupt meines Vaters ist grau, und sein Tun sollte gut und seine Rede weise sein. Er sage mir jetzt, wo die Langmesser sind, die nach ihrem Vieh suchen."

„Was ich sage, ist wahr, großer Häuptling", antwortete der alte Trapper mit fester Stimme. „Ich lebe allein in der Prärie und habe nichts zu schaffen mit den Leuten, die ..."

Er verstummte plötzlich, als diejenigen, die er vor den Nachstellungen der Wilden schützen wollte und die er eben erst verlassen hatte, aus dem Dickicht hervortraten. Eine Pause stummen Erstaunens folgte diesem unerwarteten Auftritt, und ein überlegenes Lächeln glitt über die finsteren Züge des Häuptlings.

Für das seltsame Verhalten seiner Gefährten fand der alte Trapper sogleich eine Erklärung, als er in nicht allzugroßer Entfernung eine andere Gruppe Bewaffneter auf das Dickicht vorrücken sah. Es war der Auswanderer mit seinen Söhnen, und Hauptmann Middleton und Paul Hover hatten es bei seinem Auftauchen vorgezogen, lieber die fragwürdige Gastfreundschaft der Indianer in

Anspruch zu nehmen, als die beiden Frauen und sich selbst dem alten Gauner auszuliefern.

„Mein roter Bruder sieht, daß meine Zunge nicht falsch ist", sagte der alte Trapper, und deutete auf Ellen und Inez. „Die Langmesser schicken nicht ihre Weiber in den Krieg. Diese hier kommen als Freunde, und Mahtoree wird sie nicht abweisen, wenn sie an seine Tür klopfen."

„Mahtoree ist ein großer Häuptling. Was er sagt, geschieht. Die Langmesser sind willkommen in den Wigwams der Dakotas."

Indessen beobachtete der Häuptling mit Mißtrauen die Bewegungen des Auswanderers und seiner Mannschaft, deren feindselige Absichten offenbar waren. Der alte Trapper zögerte nicht, daraus Vorteile für die zu ziehen, die sich seiner Führung anvertraut hatten. Er warnte Mahtoree vor den weittragenden Büchsen der weißen Männer und riet ihm, mit seinen schnellen Pferden einen weiten Bogen um den unberittenen und langsamen Trupp zu schlagen. So könne er völlig ungehindert das Lager auf dem Felsen erreichen.

Diese List gefiel dem beutegierigen Häuptling, und er zögerte nicht, den Plan in die Tat umzusetzen. Er ließ den Trapper und dessen Freunde auf die von seinen Kriegern mitgeführten Pferde aufsitzen.

In einem weiten Halbkreis entzogen sich die Rothäute den wütenden Salven der Auswanderer, und während sich die Abendnebel bereits über die Prärie senkten, tauchten vor ihnen, mit lautem Triumphgeschrei begrüßt, die schwachen Umrisse der Felsenburg auf.

Auf diesen Augenblick der Verwirrung in den Reihen der Indianer hatte der alte Trapper gewartet. Auf sein heimliches Zeichen hin lösten sich die Reiter unbemerkt aus dem Zug der Rothäute und folgten ihm in Richtung auf den hellstrahlenden Stern, den ihnen der Alte als Richtpunkt genannt hatte.

Von den Roten umzingelt

Die hereinbrechende Dunkelheit begünstigte ihre heimliche Flucht, und je größer der Abstand von ihren Bewachern wurde, desto schneller ließen sie die Pferde ausgreifen. Erst nach einem langen, scharfen Ritt hielt der alte Trapper nach einem geeigneten Ruheplatz Ausschau, um sich und seinen Begleitern, insbesondere den völlig erschöpften Frauen, für den Rest der Nacht einige Stunden erholsamen Schlafes zu gönnen.

Der neue Tag war gerade über der weiten Ebene heraufgezogen, und die Flüchtlinge waren im Begriff, ihren Ritt fortzusetzen, da mußten sie mit Schrecken feststellen, daß die Rothäute das trockene Gras der Steppe in weitem Umkreis angezündet hatten und sie ringsum von Feuer und Qualm eingeschlossen waren. Immer enger schloß sich der feurige Ring um die kleine Gruppe, die verzweifelt nach einem Ausweg aus dem auf sie zu wandernden Flammenmeer suchte.

Der alte Trapper bewahrte auch in diesen gefährlichen Augenblicken eine bewundernswerte Ruhe und Beherrschung und riß die Freunde aus ihrer Verzweiflung und Untätigkeit. Er gebot ihnen, im nahen Umkreis alles trokkene Gras abzureißen und zu entfernen, um dem Feuer rings um ihren Zufluchtsort jegliche Nahrung zu nehmen.

Zum größten Erstaunen seiner Gefährten schlug nun der Alte Feuer auf der Pfanne seines Gewehrs und entzündete einen Grasbüschel, mit dem er das hohe Gras in Brand setzte, das ihren Zufluchtsort begrenzte.

„So bekämpft man Feuer mit Feuer“, rief der Streifschütz, und während das von ihm gelegte Feuer sich immer weiter von ihnen entfernte und mit immer größerer Geschwindigkeit auf den von den Wilden entfachten Brand zulief, wurde der Raum, in dem sie sich ungefährdet bewegen konnten, größer und größer. Sie waren gerettet!

„Wunderbar!“ sagte Middleton, als er den vollkommenen Erfolg dieses einfachen und doch so wirkungsvollen Mittels sah. „Der Gedanke war großartig, und der Hand, die ihn ausführte, verdanken wir alle unser Leben.“

„Ja, Dank Euch, alter Streifschütz!“ rief auch Paul Hover. „Ich habe schon manchen Bienenschwarm verfolgt und kenne mich aus in der freien Natur. Aber dies hier heißt doch, einer Hornisse den Stachel zu nehmen, ohne sie dabei zu berühren.“

„Schon gut“, erwiderte der alte Mann, den Dank bescheiden abwehrend. „Schon oft genug habe ich mich selbst auf diese Weise schützen müssen, wenn mich das Feuer im Wald oder in der Prärie überraschte. Aber nun haltet die Pferde bereit! In einer halben Stunde ist der Boden ausgekühlt, und die Rauchschwaden, die noch über die Ebene ziehen, werden uns vor unseren Verfolgern verbergen. Denn es ist leichter, einem Feuer zu entgehen als den immer wachsamen Augen dieser blutgierigen Rothäute.“

Als sie endlich aufbrechen konnten, wandten sie sich nach Osten, einem Flußlauf zu, der gelegentlich silbrig-weiß aufschimmerte, wenn sich die Rauchschwaden etwas zerteilten, die immer noch über der Steppe hingen. Das Feuer wütete noch in der Ferne, konnte ihnen nun aber nicht mehr gefährlich werden, da die Fläche bis zum Fluß bereits kahlgebrannt war.

„Die Sioux haben sich selbst überlistet", sagte der alte Trapper. „Mit dem Feuer wollten sie uns ausräuchern, und jetzt ist es der Rauch ihres Feuers, der uns ihren Blicken verbirgt. Können wir in seinem Schutz den Flußlauf überqueren, werden sie unsere Spur verlieren."

Im Weiterreiten fiel ihnen eine Büffelhaut auf, die sich deutlich von der schwarzgebrannten Erde abhob. „Das Feuer ist nicht müßig gewesen, es hat uns einen ganzen Büffel gebraten", meinte der alte Trapper und stieß gegen die Haut, auf deren Oberfläche die Haare durch das darüber hinweggelaufene Feuer versengt waren. Sie bewegte sich, wurde plötzlich zur Seite geworfen, und ein Indianer sprang darunter hervor. Es war der junge Krieger der Pawnees, mit dem sie schon einmal zusammengetroffen waren.

„Da haben wir das Geheimnis", sagte lachend der Streifschütz. „Der Bursche wurde vom Feuer überrascht wie wir, und er hat unter der Büffelhaut Schutz gesucht. Dort hinten liegt übrigens sein Pferd, es ist verbrannt. Schade um das schöne Tier!"

Der junge Indianer ließ einen Augenblick die Augen über die verkohlte Steppe schweifen, als wolle er die Gefahr erfassen, der er eben noch entgangen war.

„Die hinterhältigen Sioux wollten meinen roten Bruder und uns ausräuchern", sagte der alte Trapper zu dem Indianer. „Sie sind uns auf der Spur, und wir sind froh, einen Krieger zu treffen, der die Sioux ebenso wenig liebt wie wir. Wird mein Bruder uns in sein Dorf führen?"

Der junge Pawnee wandte seinen Blick prüfend von einem zum anderen, und Bewunderung spiegelte sich in seinem Gesicht, als er Ellen und Inez betrachtete.

„Mein Vater soll willkommen sein! Die jungen Männer der Pawnees werden mit seinen Söhnen jagen, und die Pawnee-Mädchen werden vor den Ohren seiner lieblichen Töchter singen."

Wie der alte Trapper bei der anschließenden kurzen Beratung mit dem Pawnee erfuhr, war dieser junge Krieger schon seit Tagen den Sioux nachgeschlichen, die im Jagdgebiet der Pawnees umherstreiften. Er wußte auch zu berichten, daß sich der Auswanderer zur gemeinsamen Verfolgung der weißen Flüchtlinge mit dem listigen Mahtoree verbündet hatte.

Unter der Führung des roten Kriegers machte sich der kleine Trupp nun wieder auf den Weg, um so schnell wie möglich den Fluß zwischen sich und die Sioux zu bringen und dann den Weg zum Dorf der Wölfe einzuschlagen.

Eine Stunde später standen sie bereits am Ufer eines der vielen Flüsse, die das Wasser von den Höhen der Rocky Mountains in den Missouri und den Mississippi tragen und die nicht übermäßig tief, aber meist schnell und reißend sind.

„Auf unseren Pferden werden wir die Frauen nie durch das stürmische Wasser bringen, alter Streifschütz", meinte Paul Hover, als sie nach einer Möglichkeit suchten, den Fluß zu überqueren. „Vielleicht weiß die Rothaut einen Rat."

Der alte Trapper besprach sich mit dem Indianer, und schon ging dieser daran, aus der mitgeführten Büffelhaut und einigen zur Versteifung eingezogenen Hölzern eine Art Boot herzurichten, das einem umgedrehten Regenschirm nicht unähnlich sah. Inez und Ellen zögerten zunächst, sich einer Barke von so leichter Bauart anzuvertrauen, bis sie der Pawnee davon überzeugt hatte, daß sie eine noch weit schwerere Last zu tragen vermochte. Sie kletterten vorsichtig hinein, dann schwang sich der Indianer auf eines der Pferde und schwamm durch den Fluß, während er das schwankende Schifflein vor sich her schob. Sicher erreichte er mit seiner wertvollen Ladung das andere Ufer.

Er kehrte sogleich zurück, um den alten Trapper überzusetzen, während die anderen den Fluß auf ihren Pferden durchquerten. Sie hatten die Mitte des Flusses noch nicht gewonnen, da ertönte hinter ihnen lautes Kriegsgeschrei der Sioux, und Pfeile schwirrten ihnen um die Ohren.

Mehr als fünfzig Rothäute warfen sich mit ihren Pferden in das Wasser, um den Flüchtenden den Weg abzuschneiden, deren Vorsprung kleiner und kleiner wurde. Middleton und Paul Hover hatten als erste wieder festen Boden unter den Füßen und griffen nun mit ihren Gewehren in den Kampf ein. Middleton hatte sogleich den Häuptling Mahtoree aufs Korn genommen, doch dieser warf sich im letzten Augenblick geschickt von seinem Pferd, und der Schuß traf das Tier, das nun in der starken Strömung dahintrieb.

Der Häuptling erschien bald wieder an der Oberfläche und ergriff das Pferd eines seiner Krieger, um den Kampf fortzusetzen. Nachdem jedoch inzwischen die ganze Mannschaft des Trappers am anderen Ufer Fuß gefaßt hatte, sah er sich einer so starken Verteidigung gegenüber, daß er seine Angriffe vorerst einstellte und sich in das Ufergestrüpp zurückzog.

Diesen günstigen Umstand ausnutzend, ließ der alte Trapper seine Gefährten weiterreiten, während er und der Pawnee das Ufer noch eine Zeitlang verteidigen wollten, um ihnen einen Vorsprung vor ihren Verfolgern zu sichern. Da inzwischen auch der Auswanderer mit seinen schwerbewaffneten Söhnen zu den Wilden gestoßen war, rechnete der Alte mit einem baldigen neuen Angriff der

Sioux, den abzuwehren bei der offensichtlichen Überlegenheit des Gegners aussichtslos erschien.

Nach geraumer Zeit folgte der Trapper mit dem roten Krieger den vorausgerittenen Gefährten zu dem verabredeten Treffpunkt.

Middleton und Paul Hover hielten es für angebracht, die Flucht fortzusetzen, doch der alte Mann schüttelte den Kopf. „Wir können ihnen nicht entfliehen", meinte er, „sie sind schneller als wir, und sie werden uns einholen, wenn sie einmal unsere Spur aufgenommen haben. Hier kann nur noch eine List helfen."

Der Krieger der Pawnees stimmte ihm bei. „Die Dakotas schlafen nicht", sagte er, „wir müssen uns vor ihnen im Gras verstecken und unsere Spuren verwischen." Sie gingen sofort ans Werk, und bald war der ganze Trupp in dem dichten hohen Gras untergetaucht. Erst wenn die Dunkelheit hereingebrochen war, wollten sie in ihrem Schutz die Flucht fortsetzen.

Viele Stunden lagen sie nun schon in ihrem Versteck, und da sie von ihren Verfolgern nichts mehr gehört und gesehen hatten, durften sie annehmen, daß ihre List gelungen war und sie die Sioux über ihren Fluchtweg getäuscht hatten. Da setzte plötzlich Schneefall ein und überzog die Ebene und die wenigen flachen Hügel mit einer dichten weißen Decke.

„Das ist unser Verderben", sagte der Trapper zu dem jungen Pawnee, der neben ihm lag. „Jetzt ist es zu spät zur Flucht. Selbst ein Eichhörnchen ließe seine Spur auf dieser Decke zurück. Die Schurken werden uns finden, das ist gewiß!"

Schon kurze Zeit darauf beobachteten sie, daß die zahlreichen Krieger Mahtorees einen großen Kreis um ihr Versteck gezogen hatten, der immer enger und enger wurde. Die unberührte Schneedecke gab den Rothäuten die Gewißheit, daß die Flüchtlinge noch innerhalb der

Grenzen dieses Gebietes sitzen mußten, das sie umzingelt hatten.

Die große Gefahr, in der sie schwebten, wurde nun auch den anderen Gefährten des Trappers bewußt. Middleton und Paul Hover waren nicht bereit, sich kampflos zu ergeben. Sie nahmen ihre Büchsen hoch, und als Mahtoree, die Augen suchend auf dem Boden, auf Schußweite herangekommen war, drückten sie zugleich ab. Doch es war weiter nichts zu hören als das Schnappen des Abzughahns.

„Genug", sagte der Alte und erhob sich ruhig und gelassen aus seinem Versteck. „Eure Kugeln sollten nicht treffen, denn ich habe die Zündsteine entfernt. Jede Unbedachtsamkeit jetzt wäre unser aller schnelles Ende. Laßt uns unserem Geschick wie Männer begegnen, weinerliches Klagen findet keine Gnade vor den Rothäuten."

Das plötzliche Auftauchen des Trappers wurde von einem hundertfachen Geschrei der Wilden begleitet, die nun von allen Seiten wie toll auf das Versteck zuritten. Mahtoree empfing seine Gefangenen mit großer Selbstbeherrschung, und Middleton durchdrang es wie Eiseskälte, als er gewahrte, mit welchen Augen der Wilde die liebliche Inez betrachtete.

Die Freude des Häuptlings, seine weißen Gefangenen wiederzuhaben, war so groß, daß die dunkle Gestalt des Pawnees einige Zeit keine Beachtung fand. Dieser stand allein und würdigte seine Feinde keines Blickes. Erst als sich die Aufmerksamkeit der Sioux auch ihm zuwandte, erfuhr der alte Trapper aus dem plötzlichen Triumphgeschrei, daß sein junger Freund niemand anders war als der berühmte und gefürchtete Häuptling Hartherz.

Der Zweikampf der Häuptlinge

Nach einem anstrengenden Marsch von mehreren Tagen hatten die Sioux mit ihren Gefangenen ihre Ansiedlung erreicht, eine unregelmäßige Ansammlung von etwa hundert kegelförmigen Zelten. Sie standen am Rande einer flachen Anhöhe in dem umstrittenen Grenzstreifen zwischen den angestammten Jagdgebieten der Pawnees und der Sioux. Das Wasser eines kleinen Flusses, der sich am Rand der Hochfläche entlang seinen Weg zum Missouri gesucht hatte, die Bäume und Büsche an seinen Ufern gaben dem ganzen Landstrich einen Anschein der Fruchtbarkeit gegenüber den dürren Wüsten der wellenförmigen Steppe, und hier und da sah man auf dem angeschwemmten Boden die Spuren eines hastigen Anbaus von heimischen Gewächsen, die schnell gedeihen und wenig Mühe verlangen.

Das von allen Seiten leicht zugängliche Lager bot wenig Sicherheit gegen einen Überfall, und allein die Nähe des

Wassers schien bei der Auswahl des Platzes bestimmend gewesen zu sein.

In einiger Entfernung von den leichten Wohnungen der Rothäute hatten sich Menschen ganz anderer Herkunft häuslich niedergelassen. Es war die Familie des Auswanderers, die sich der Gastfreundschaft ihrer roten Verbündeten erfreute. Daß sich der Auswanderer unter recht günstigen Bedingungen zu dieser unnatürlichen Verbindung hatte verleiten lassen, ließ sich daraus ersehen, daß Ismael Busch wieder Herr seiner Pferde und Ochsen war.

Ein anderer Winkel am Rande der Indianersiedlung bot ein weniger freundliches Bild. Auf einer Bank lagen Middleton und Paul Hover so gefesselt, daß sie sich kaum bewegen konnten, und nicht weit von ihnen stand, an einen Pfahl gebunden, Hartherz, der junge Häuptling der Pawnees. Zwischen ihnen bewegte sich frei, aber aller Waffen beraubt, der alte Trapper, als wollten ihm die Sioux damit zeigen, wie wenig er noch zu fürchten sei.

„Das wird ein höllischer Streich, den die Roten jetzt aushecken", sagte der Streifschütz zu seinen beiden jungen Freunden. „Sie haben Hartherz schon an den Marterpfahl gebunden, und Mahtorees Miene verrät deutlich, daß er sich von dem wilden Charakter seines Volkes zu schrecklichen Greueln hinreißen lassen wird."

Der Streifschütz sah wieder aufmerksam zur Mitte des Lagers hinüber, wo die Häuptlinge und Krieger zur Beratung versammelt waren, um über das Schicksal ihrer Gefangenen zu entscheiden.

„Wir dürfen nicht mutlos werden", fuhr der alte Trapper fort, um die Freunde aufzurichten. „Die Farbe des weißen Mannes kann manchmal seinen Tod bedeuten, ist aber auch manchmal sein Schild. Obwohl sie uns nicht lieben, bindet oft Furcht die Hände der Indianer, mit uns so zu verfahren wie mit den Feinden ihrer eigenen Farbe. Aber der Pawnee hat, fürchte ich, nichts zu erhoffen."

Langsam näherte sich der alte Trapper dem gefangenen Häuptling, dessen Auge in die Ferne gerichtet war und dessen Gedanken der Gegenwart bereits entrückt zu sein schienen.

„Die Sioux beraten über meinen Bruder", bemerkte er leise zu Hartherz.

Der junge Häuptling wandte sich ihm mit einem ruhigen Lächeln zu. „Sie brauchen lange Zeit, um die Skalpe zu zählen, die Hartherz erbeutete", sagte er stolz.

„Mein Bruder spricht wahr", erwiderte der Trapper. „Ihr Zorn wird steigen, wenn sie an die vielen Krieger ihres Stammes denken, die Hartherz auf dem Kriegspfad erschlug. Es wäre besser für ihn, er hätte mehr Tage auf der Jagd als im Kampf mit den Sioux zugebracht."

„Die feigen Sioux können einen Pawnee nicht erschrekken. Wenn Hartherz sterben muß, wird er sein Streitroß nach den gesegneten Auen lenken, auf denen seine Väter versammelt sind."

Inzwischen war die Versammlung zu Ende gegangen, und als der Streifschütz sich umblickte, bemerkte er, daß sich Mahtoree und zwei ältere Krieger ihrem Opfer näherten. Sie blieben in einiger Entfernung stehen, und Mahtoree winkte den alten Trapper an seine Seite. Er legte seine Hand auf die Schulter des Alten und betrachtete ihn eine Zeitlang mit einem forschenden Blick, als wolle er in den geheimsten Winkeln seines Herzens lesen.

„Warum ist ein Bleichgesicht mit zwei Zungen gemacht?" begann der Häuptling. „Das graue Haupt hat Unrecht getan. Es hat das Pferd der Sioux geritten und hat zu ihren Feinden gehalten."

„Ich bin euer Gefangener", antwortete der alte Trapper mit Würde und Gelassenheit, „ich werde nicht klagen, was ihr auch vorhabt mit mir."

„Mahtoree wird das weiße Haar nicht rot färben", sagte der Häuptling. „Mein Vater ist frei, die Steppe steht ihm nach allen Seiten offen. Doch ehe er geht, möge er dem Bleichgesicht mit dem langen Schwarzhaar sagen, was Mahtoree für ihre lieblichen Ohren bestimmt hat."

Der Häuptling deutete auf sein Zelt, das über und über mit den Bildern seiner kühnsten Taten bemalt war und in dem, wie der Trapper wohl wußte, Inez und Ellen gefangengehalten wurden, und er gebot dem Alten, ihm dorthin zu folgen.

Als Mahtoree mit dem alten Trapper in das Zelt trat, sprangen die beiden Frauen zutiefst erschrocken von ihrem Lager auf, ängstlich ihr weiteres Schicksal erwartend, das ihnen der Wilde zugedacht hatte. Schaudern erfaßte sie, als sie aus dem Munde des alten Freundes den Plan des Häuptlings vernahmen, Inez als seine Frau in seinen Wigwam zu nehmen, während Ellen das Zelt mit einem anderen Häuptling teilen sollte.

Der stolze Freier, der diese Werbung mit aller ihm zu Gebote stehenden Höflichkeit vorgebracht hatte, war nicht wenig erstaunt, als das in seinen Augen hochherzige Angebot empört abgelehnt wurde. Gekränkt und verärgert verließ er das Zelt.

Da sah er sich plötzlich Ismael Busch und dessen Schwager gegenüber, und der drohende Ausdruck in den Mienen der Auswanderer ließ den Häuptling erkennen, daß der Waffenstillstand mit ihnen in Gefahr war, gebrochen zu werden. Wütend forderte Ismael die Herausgabe der beiden Frauen, die er als sein Eigentum betrachtete, und die Auslieferung des alten Trappers, mit dem er eine alte Rechnung zu begleichen gedachte.

Höhnisch wies ihn der Häuptling ab, der nicht gewillt war, freiwillig auf die so wertvolle Beute zu verzichten. Der Auswanderer beschuldigte Mahtoree mit harten Worten, die zwischen ihnen getroffenen Abmachungen gebrochen zu haben, und verließ wutentbrannt das Indianerlager.

Schon kurze Zeit nach dieser heftigen Auseinandersetzung sah man seine Leute das Vieh zusammentreiben und die Wagen beladen, und von einigen bewaffneten Söhnen Ismaels gedeckt, verließ der Zug der Auswanderer, unbehelligt durch die Rothäute, den Lagerplatz.

Doch schien der Auswanderer seinen Plan, die beiden Frauen wieder in seine Gewalt zu bekommen, noch nicht aufgegeben zu haben. Er folgte nur eine knappe Meile dem Flußlauf und schlug an einer günstigen und hochgelegenen Stelle seine Zelte wieder auf, spannte die Tiere aus und traf alle notwendigen Vorbereitungen zu einer wirksamen Verteidigung seiner kleinen Wagenburg.

Unterdessen hatten sich die Häuptlinge und Krieger bereits in großer Zahl um ihren Gefangenen am Marterpfahl versammelt, und das Erscheinen von Mahtoree war das

Zeichen für den Beginn des ungeduldig erwarteten Schauspiels, das ihre Gemüter erregen und ihren Rachedurst stillen sollte.

Ein Häuptling nach dem anderen trat in den Kreis und forderte den Tod des Gefangenen, der ihrem Volke so schwere Wunden zugefügt hatte. Als auch Mahtoree, dessen Wort am meisten galt im Kreis der Häuptlinge, das Todesurteil sprach, erhob sich ein unbeschreiblicher Jubel unter den Sioux. Die Stunde der Rache war gekommen.

Sofort spangen einige junge Krieger auf den Gefangenen zu und umtanzten ihn mit geschwungenen Tomahawks. Sie lösten die Bande, mit denen er an den Pfahl gefesselt war, und begannen mit den Martern, in denen sie die Standfestigkeit und den Mut des feindlichen Häuptlings noch einmal auf die Probe stellen wollten.

Da gelang es Hartherz, einem der Krieger den Tomahawk zu entreißen und mit der Waffe in der Hand den Kreis der Sioux zu durchbrechen. Während der Häuptling dem Fluß zueilte, standen die überraschten Sioux noch immer wie erstarrt. Als sie ihm endlich nachsetzten, mußten sie erkennen, daß auf der anderen Seite des Flusses eine starke berittene Gruppe von Kriegern der Pawnees heranzog. Mit lautem Jubel begrüßten die Pawnees ihren Häuptling, nachdem er den Fluß durchschwommen hatte und am anderen Ufer zu ihnen stieß.

Das plötzliche Auftauchen einer so großen Streitmacht der Pawnees veranlaßte Mahtoree, seine Krieger zu sammeln und am Flußufer aufzustellen. Der alte Trapper benutzte die Verwirrung und das Durcheinander im Lager der Sioux, Middleton und Paul Hover von ihren Banden zu befreien. Auch der Naturforscher, der eine gewisse Freiheit genossen hatte, weil die Achtung vor einem Medizinmann bei den Rothäuten tief verwurzelt war und sie sich selbst gern seiner Kenntnisse und Fähigkeiten bedient hätten, schloß sich ihnen an.

Die Männer eilten zu dem Zelt, das Inez und Ellen beherbergte, und weihten sie in ihren Fluchtplan ein. Sie schickten sich gerade an, das Lager der Sioux zu verlassen, als sich die kleine Gruppe plötzlich von den schwerbewaffneten Söhnen des Auswanderers umstellt sah. Der Auswanderer hatte die Verwirrung im Lager der Sioux ebenfalls bemerkt und nutzte sofort die Gelegenheit, sich mit Gewalt zu holen, was ihm der Häuptling verweigert hatte. Waffenlos, wie sie waren, hielt der alte Trapper jeden Widerstand gegen die starke Mannschaft des Auswanderers für sinnlos, und die Gefährten, die eben erst die Fesseln der Rothäute abgestreift hatten, waren aufs neue Gefangene eines Mannes, der ihnen nicht weniger wild und gewalttätig erschien.

Während dieser Geschehnisse waren die Ufer des nahen Flusses der Schauplatz eines blutigen Kampfes. Hartherz, der Häuptling der Pawnees, hatte sich mit Speer und Tomahawk bewaffnet und den ihm am anderen Ufer gegenüberstehenden Mahtoree zum Zweikampf herausgefordert. Hoch zu Roß warfen sich beide Häuptlinge in den Fluß und trafen auf einer in der Mitte liegenden Sandbank aufeinander. Nachdem Hartherz mit einem mächtigen Stoß das Pferd seines Gegners getroffen und zu Fall gebracht hatte, sprang er von seinem Streitroß, und ein verbissenes Ringen Mann gegen Mann begann. Schließlich gelang es dem tapferen Pawnee, Mahtoree einen tödlichen Streich mit dem Tomahawk zu versetzen. Der Todgeweihte stürzte in die Flut, die ihn schnell davontrug.

Ihres Häuptlings beraubt, hielten die Sioux dem nun einsetzenden Ansturm der Pawnees nur noch eine kurze Zeit stand, und das blutige Gemetzel endete in der regellosen Flut der wenigen überlebenden Sioux. Zahllose Tote bedeckten die Sandbank, und das Wasser des Flusses hatte sich rot gefärbt vom Blut der Opfer, die der Kampf auf beiden Seiten gekostet hatte.

Nach diesem vollständigen Sieg über die in ihre Jagdgebiete eingedrungenen Sioux zogen die Pawnees zu ihren Ansiedlungen zurück, und in angemessenem Abstand folgte ihnen der Auswanderer mit seiner Familie und seinen Gefangenen. An einem durch Bäume und Buschwerk geschützten Platz ließ er den Zug anhalten, versammelte seine Leute um sich und ließ die Gefangenen wie zu einer Gerichtsverhandlung vorführen.

„Heute bin ich berufen, das Amt des Richters auszuüben", sagte er mit feierlichem Ernst und einem Anflug patriarchalischer Selbstgefälligkeit, wie er sie im Umgang mit seiner großen Familie an den Tag zu legen pflegte. „Ich werde jedem geben, was ihm gebührt nach allem, was er mir antat. Euch, Middleton", wandte er sich an den jungen Offizier, „frage ich . . ."

„Wenn hier Übeltäter bestraft und Unschuldige freigegeben werden müssen, so müßtet Ihr mit mir tauschen und Gefangener statt Richter sein!" fiel ihm Middleton scharf ins Wort, der das Vorhaben des Auswanderers mit Mißtrauen und Besorgnis beobachtet hatte. „Ihr und Euer Schwager habt die mir angetraute Frau in diese Wildnis entführt, und es war mein gutes Recht, sie zu befreien."

„Wir taten beide unrecht", erwiderte Ismael einlenkend, „und ich will zu der bösen Tat nicht noch eine Lüge hinzufügen. Ich bereue meinen Mißgriff, und hätte ich nicht auf jenen gehört" — er zeigte auf den ebenso erstaunt wie wütend blickenden Abiram —, „so wäre mir diese Schande erspart geblieben. Ihr seid frei und mögt mit Eurem Weib gehen, wohin Ihr wollt."

„Da Ihr anfangt, Eure Irrtümer einzusehen, bleibt nicht auf halbem Wege stehen", sagte der junge Hauptmann. „Zeigt Euch ebenso edelmütig gegenüber denen, die nichts weiter taten, als mir zu meinem Recht zu verhelfen. Kraft meiner Stellung als Offizier der Staaten fordere ich Euch deshalb auf, alle die freizugeben, die Ihr widerrechtlich

gefangenhaltet. Ein Trupp meiner Soldaten ist bereits in der Nähe, und der Arm des Gesetzes, das Ihr zu mißachten trachtet, würde Euch auch in dieser Steppe erreichen."

Middletons warnende Worte blieben nicht ohne Wirkung auf den Auswanderer; es war ihm längst klargeworden, daß er zu weit gegangen war, und ein Zusammentreffen mit den Soldaten konnte böse Folgen für ihn haben.

„Die Sache zwischen uns ist im reinen", beeilte er sich zu versichern, „ich hindere niemand, auch Ellen nicht, zu gehen, wohin er mag. Doch mit dem alten Streifschütz da rechne ich allein ab!"

„Ich würde nicht nur meine Dankbarkeit vergessen, sondern auch meine Pflicht verletzen, ließe ich diesen trefflichen Mann in Eurer Hand, ohne zu wissen, welche Untaten Ihr im vorwerft."

„So seht denn her!" rief Ismael und hielt dem Offizier die Kugel hin, die sie bei dem toten Asa gefunden hatten. „Mit diesem Blei hat er den Jungen niedergestreckt!"

Entsetzen stand in den Gesichtern der Freunde nach dieser furchtbaren Anklage, und aller Augen waren auf den alten Trapper gerichtet. Langsam und würdevoll erhob er sich von seinem Sitz, und mit ruhiger und fester Stimme wies er die ungeheuerliche Anschuldigung zurück.

„Ich habe viel Böses gesehen in meinem langen Leben", begann er, „und ich bin wahrlich zu alt, solch schwere Schuld auf meine Schultern zu laden. Euer Schwager Abiram war es, der Euren Sohn hinterrücks ermordete; er ließ sich am Abend vorher von mir einige Kugeln mit meinem Zeichen geben, um den Verdacht auf mich zu lenken."

„Er lügt! Er lügt!" schrie Abiram bebend. „Ich ermordete ihn nicht, ich verteidigte mich nur gegen den Jungen!"

Ein vernichtender Blick aus Ismaels Augen ließ ihn verstummen, er hatte das ränkevolle Spiel verloren, und die finstere Miene des Auswanderers ließ erkennen, daß er keine Gnade erwarten durfte. Mit einem dumpfen Schrei fiel Abiram zu Boden, und der Auswanderer gebot seinen Söhnen, ihn zu binden.

Am nächsten Tage — der alte Trapper und seine Gefährten hatten sich sofort nach ihrer Freilassung in Frieden von dem Auswanderer getrennt und waren unterwegs zu den Dörfern der Pawnees — übte der Auswanderer selbst Gerechtigkeit und ließ den feigen Mörder seines Sohnes hängen. Die Spur der Auswandererfamilie aber verlor sich in der weiten Prärie, und nie wieder sah man Ismael Busch in den Ansiedlungen.

Nach einem mühevollen Marsch erreichten die Freunde die Dörfer der Pawnees, wo Hauptmann Middleton mit seinen Soldaten zusammentraf. Unter ihrem Schutz setzten die Gefährten, die so viele Stunden der Not und Bedrängnis gemeinsam ertragen hatten, ihren Weg nach den

Niederlassungen fort. Doch der alte Trapper war nicht bei ihnen, er war allein zurückgeblieben in der Prärie, die für den ruhelosen Streifschütz eine letzte Heimat geworden war.

Ein zweiter Herbst war nach diesen Ereignissen ins Land gezogen, als Hauptmann Middleton, den man inzwischen mit bedeutenden Aufgaben bei der Erschießung der neuen Gebiete betraut hatte, und Paul Hover, der in seine Dienste getreten war, wieder einmal nach den Dörfern der Pawnees unterwegs waren. Herzlich wurden sie von Hartherz, dem tapferen Häuptling, begrüßt und in das Dorf geleitet. Doch Trauer und Schmerz lag über den Hütten der Pawnees. Der alte Trapper, der sich in das Indianerdorf zurückgezogen hatte, als er seine letzte Stunde kommen fühlte, lag im Sterben.

Ein Lächeln des Dankes spielte um seine welken Lippen, als er die Freunde erkannte, die an sein Ruhelager getreten waren, um Abschied zu nehmen. Dann schlossen sich die matten Augen, und der würdige Greis schlief ein für immer.

Unter einer großen alten Eiche grub man ihm sein Grab, und die Pawnees hüteten es, als sei der greise Vater einer der Ihren gewesen. Ein einfacher Stein schmückte seine letzte Ruhestätte und hielt die Erinnerung wach an Natty Bumppo, den edlen und tapferen Lederstrumpf, und Hauptmann Middleton hatte noch hinzufügen lassen: „Möge keine rohe Hand je seinen Frieden stören!"

Bücher, die man einfach kennen muß,

sind die Standardwerke der Jugendliteratur. Sie fesseln und bereichern zugleich. Schon unsere Väter und Großväter lasen als Kinder diese Werke, die nach wie vor zu den meistgelesenen Büchern gehören:

Günter Sachse: **Herakles**
Günter Sachse: **Der Kampf um Troja**
Günter Sachse: **Die Irrfahrten des Odysseus**
Beecher-Stowe: **Onkel Toms Hütte**
Nach Goethe: **Reineke schwindelt sich durch**
Nach Überlieferungen: **Till Eulenspiegel**
Nach Bürger: **Münchhausen**
Günter Sachse: **Die Schildbürger**
Robert L. Stevenson: **Die Schatzinsel**
Daniel Defoe: **Robinson Crusoe**
Mark Twain: **Tom Sawyers Abenteuer**
Mark Twain: **Huckleberry Finn**
Johanna Spyri: **Heidi und Gritli**
James F. Cooper: **Der Wildtöter, Der letzte Mohikaner, Der Pfadfinder, Der alte Trapper, Die Prärie**

Kinder lesen gern GÖTTINGER

aus dem W. Fischer-Verlag. Sogar ungewöhnlich gern und viel, denn täglich werden im Durchschnitt über 15000 Fischer-Bücher gekauft. Also alle paar Sekunden ein Göttinger Jugendbuch. Wohl nicht nur deshalb, weil sie so preiswert sind! (Holzfrei, farbige Bilder, unzerreißbar.)

Fischer-Buch in Seidenfolie

AUS GÖTTINGEN